AF380455

Jacques-Henri Bernardin de Saint Pierre

Paul & Virginie

e-artnow 2018

Henry Fielding
Tom Jones

Adalbert Stifter
Gesammelte Werke: Romane + Erzählungen + Gedichte + Briefe: Witiko +
Der Nachsommer + Brigitta + Bunte Steine + Der Hochwald + ...Der beschrie-
bene Tännling + Der Waldsteig...

Selma Lagerlöf
Die wunderbare Reise des kleinen Nils Holgersson mit den Wildgänsen
(Weihnachtsausgabe): Kinderbuch-Klassiker

Else Ury
NesthäkchenBand 1 bis 10

Charles Dickens
Klein-Dorrit

Jacques-Henri Bernardin de Saint Pierre

Paul & Virginie

e-artnow, 2018
Kontakt: info@e-artnow.org

ISBN 978-80-268-8915-1

Inhaltsverzeichnis

Ich habe mir bei diesem kleinen Werke große Dinge vorgesetzt. Ich versuchte einen Boden und eine Vegetation zu schildern, die von der Europa's himmelweit verschieden ist. Lange genug haben unsre Dichter ihre Liebenden an Bachesufern, auf Wiesen und unter dem Laubwerk der Buchen ausruhen lassen. Die meinigen mußten sich auf dem Gestade des Meeres, am Fuße der Felsen, im Schatten der Cocospalmen, der Bananen und blühenden Citronenbäume niedersetzen. Es fehlt der andern Hälfte der Welt nur an Theokriten und Virgilen: sonst hätten wir schon längst mindestens eben so interessante Gemälde von ihr, als von unserm eigenen Lande. Ich weiß, daß geschmackvolle Reisende uns begeisterte Schilderungen von mehreren Inseln der Südsee entworfen haben; aber die Sitten ihrer Einwohner, und noch mehr die der Europäer, die dort landen, verderben oft die Landschaften. Ich wünschte, mit der Schönheit der Tropennatur die moralische Schönheit einer kleinen Gesellschaft zu verbinden. Dabei beabsichtigte ich den Beweis von mehreren großen Wahrheiten herzustellen, z. B. von der, daß unser Glück einzig und allein auf einem natur- und tugendgemäßen Wandel beruht. Ich brauchte nicht erst einen Roman zu ersinnen, um glückliche Familien zu schildern. Ich kann versichern, daß Diejenigen, von denen ich sprechen will, wirklich gelebt haben, und daß ihre Geschichte in den Hauptbegebenheiten wahr ist. Mehrere Bewohner von Isle-de-France, mit denen ich in genauer Bekanntschaft stand, haben mir dieß verbürgt. Ich selbst habe bloß einige unbedeutende Umstände hinzugefügt, die aber für mich persönlich sind und dadurch auch Anspruch auf Realität haben. Als ich vor einigen Jahren eine höchst unvollkommene Skizze von dieser Art Idylle entworfen hatte, bat ich eine schöne Dame, die sich viel in der großen Welt umhertrieb, und einige ernste Männer, die fern von ihrem Geräusche lebten, um Erlaubniß, sie ihnen vorzulesen, um ihren Eindruck auf Leser von so verschiedenen Gemüthsarten zum Voraus einigermaßen berechnen zu können: und es wurde mir die Befriedigung zu Theil, sie Alle in Thränen zu sehen. Dieß war mir Urtheils genug und ich verlangte nicht mehr zu wissen. Aber wie oft große Fehler mit kleinen Talenten Hand in Hand gehen, so brachte mich dieser Erfolg auf den eiteln Gedanken, meinem Werke den Titel: *ein Naturgemälde* zu geben. Glücklicher Weise fiel mir noch ein, wie sehr mir die Natur selbst des Klima's, wo ich geboren bin, fremd war; wie sie in den Ländern, wo ich ihre Erzeugnisse nur als Reisender gesehen habe, so reich, so mannigfaltig, so liebenswürdig, so prachtvoll und so geheimnißvoll ist, und wie es mir so gänzlich an Scharfblick, Geschmack und Ausdrücken fehlt, um sie vollkommen zu erkennen und zu malen. Ich besann mich also eines Bessern, reihte diesen schwachen Versuch als Anhang meinen *Studien der Natur* an, die das Publicum so wohlwollend aufgenommen hat, und da ich in diesem Titel die Unzulänglichkeit meiner Kräfte selbst zugestehe, so hoffe ich auch ferner auf seine Nachsicht rechnen zu dürfen.

KAPITEL 1

Seitwärts gegen Osten von dem Berge, welcher sich hinter Port-Louis auf Isle-de-France erhebt, sieht man in einem vormals angebauten Landstrich die Ruinen zweier kleinen Hütten. Sie liegen beinahe in der Mitte eines von großen Felsen gebildeten Beckens, das nur eine einzige Oeffnung gegen Norden hat. Zur Linken gewahrt man den Berg, welcher *der Hügel der Entdeckung* heißt, und von wo aus die Schiffe signalisirt werden, die an der Insel landen, und am Fuße dieses Berges die Stadt Namens Port-Louis; zur Rechten sieht man den Weg, welcher von Port-Louis in das Quartier der Pompelmusen führt; dann die Kirche dieses Namens, welche sich mit ihren Bambuszugängen mitten in einer großen Ebene erhebt, und weiter hin einen Wald, der sich bis an die äußersten Enden der Insel ausdehnt. Vor sich hat man an den Küsten des Meeres die Bucht *des Grabes*, ein wenig rechts davon das *unglückliche Vorgebirge* und darüber hinaus die offene See, über deren Wasserspiegel einige unbewohnte Inselchen zum Vorschein kommen, unter andern der sogenannte *Richtkeil*, welcher einer Bastei mitten in den Fluten gleicht.

Am Eingange dieses Beckens, von wo aus man so viele Gegenstände entdeckt, wiederholen die Echo des Berges ohne Unterlaß das Geräusch der Winde, welche die nahen Wälder durchsausen, und das Getöse der Wogen, welche fern an den Felsenriffen sich brechen; aber am Fuß der Hütten selbst hört man durchaus kein Geräusch mehr und sieht rings um sich nichts als große, steil wie Mauern sich erhebende Felsen. Baumgruppen wachsen an ihrem Fuße, in ihren Spalten und bis zu den Gipfeln hinauf, an welchen die Wolken anstehen. Die Regengüsse, welche von ihren Spitzen herbeigezogen werden, malen oft die Farben des Regenbogens auf ihre grünen und braunen Seiten und speisen an ihrem Fuße die Quellen, aus denen das *Latanflüßchen* entsteht. Tiefe Stille herrscht in ihrem Umkreis, wo Alles friedlich ist, die Luft, die Gewässer und das Licht. Kaum gibt das Echo daselbst das Gesäusel der Palmen zurück, die auf ihren Anhöhen wachsen, und deren lange Schäfte man beständig durch die Winde hin und her bewegt sieht. Ein mildes Licht erhellt den Grund dieses Beckens, in welchem die Sonne nur am Mittag scheint; aber von der Morgenröthe an treffen ihre Strahlen seinen Kranz, dessen über die Schatten des Berges sich erhebende Spitzen wie vergoldet und bepurpurt auf dem Blau des Himmels erscheinen.

That ich etwas gerne, so war es, daß ich diesen Ort besuchte, wo man zugleich einer unermeßlichen Aussicht und einer tiefen Einsamkeit genießt. Eines Tages, als ich mich unterhalb dieser Hütten niedergesetzt hatte und die Trümmer derselben betrachtete, ging ein schon bejahrter Mann in meiner Nähe durch die Gegend. Er trug nach der Gewohnheit der früheren Bewohner eine kurze Jacke und lange Beinkleider. Er ging barfuß und stützte sich auf einen Stab von Ebenholz. Seine Haare waren ganz weiß, und seine Gesichtszüge edel und einfach. Ich grüßte ihn achtungsvoll. Er erwiderte meinen Gruß; und, nachdem er mich einen Augenblick betrachtet hatte, näherte er sich mir und schickte sich an, auf der Rasenerhöhung auszuruhen, auf welcher ich saß. Ermuntert durch dieses Zeichen von Zutrauen, richtete ich das Wort an ihn. »Mein Vater,« sagte ich zu ihm, »könnet Ihr mir vielleicht sagen, wem diese beiden Hütten gehört haben?« Er antwortete mir: »Mein Sohn, dieses Gemäuer und dieser wüstliegende Boden waren vor etwa zwanzig Jahren von zwei Familien bewohnt, welche daselbst ihr Glück gefunden hatten. Ihre Geschichte ist rührend; aber welcher Europäer kann in dieser auf dem Wege nach Indien gelegenen Insel an dem Schicksal einiger dunkeln Privatleute Antheil nehmen? Wer möchte gar hier glücklich, aber arm und unbekannt leben? Die Menschen wollen nur die Geschichte der Großen und der Könige kennen lernen, welche Niemanden etwas nützt.« – »Mein Vater!« erwiderte ich, »aus Euerm Aeußern und Euren Reden läßt sich leicht abnehmen, daß Ihr Euch große Erfahrung erworben habt. Gebricht es Euch nicht an Zeit, so erzählet mir, ich bitte Euch, was Ihr von den frühern Bewohnern dieser Einöde wisset, und glaubet, daß selbst der durch die Vorurtheile der Welt entartetste Mensch gern von dem Glücke reden hört, welches Natur und Tugend gewähren.« Nachdem hierauf der Greis, wie Einer, welcher sich verschiedene Umstände in's Gedächtniß zurückzurufen sucht, seine Hände eine Weile auf die Stirne gestützt hatte, erzählte er mir Folgendes:

Meines Wissens war es im Jahr 1726, daß sich ein junger Mann aus der Normandie, Namens Herr von *Latour*, nachdem er vergebens Dienste in Frankreich und Unterstützung bei seiner Familie gesucht hatte, nach dieser Insel zu kommen entschloß, um daselbst sein Glück zu machen. Er hatte eine junge Frau bei sich, die er sehr liebte, und von der er in gleichem Grade geliebt wurde. Sie stammte aus einem alten und reichen Hause in seiner Provinz; aber er hatte sie heimlich und ohne Mitgabe geheirathet, weil die Verwandten seiner Frau sich ihrer Verbindung mit ihm widersetzt hatten, in Betracht, daß er kein Edelmann war. Er ließ sie in Port-Louis auf dieser Insel zurück und schiffte sich nach Madagascar ein, in der Hoffnung, daselbst einige Schwarze zu kaufen und schnell wieder zu kommen, um hier eine Pflanzung anzulegen. Er landete in Madagascar gegen die schlimme Jahrszeit hin, welche um die Mitte Octobers beginnt; und kurze Zeit nach seiner Ankunft starb er daselbst an den pestartigen Fiebern, welche auf jener Insel sechs Monate des Jahres hindurch herrschen, und welche die europäischen Nationen stets verhindern werden, feste Niederlassungen dort zu gründen. Die Habseligkeiten, welche er mitgebracht hatte, wurden nach seinem Tode zerstreut, wie es gewöhnlich bei Denjenigen der Fall ist, welche außerhalb ihres Vaterlandes sterben. Seine Frau, die auf Isle-de-France zurückgeblieben war, sah sich als Wittwe, in gesegneten Leibesumständen und ohne irgend einen andern Besitz außer einer Negerin, in einem Lande, wo sie weder Credit noch Empfehlung hatte. Indem sie bei keinem Menschen nach dem Tode Desjenigen, den sie allein geliebt hatte, um etwas bitten wollte, schöpfte sie Muth aus ihrem Unglücke. Sie beschloß, mit ihrer Sklavin einen kleinen Fleck Landes anzubauen, um sich ihren Lebensunterhalt zu verschaffen.

Auf einer beinahe öden Insel, deren Boden keinen Herrn hatte, wählte sie weder die fruchtbarsten noch die für den Handel günstigsten Gegenden; sondern, da sie irgend eine Gebirgsschlucht, irgend ein verborgenes Asyl suchte, wo sie allein und unbekannt leben könnte, so begab sie sich aus der Stadt auf den Weg gegen diese Felsen, um sich hieher, wie in ein Nest, zurück zu ziehen. Es ist ein allen gefühlvollen und leidenden Wesen gemeinsamer Instinct, an den wildesten und ödesten Oertern eine Zufluchtsstätte zu suchen, als ob Felsen Wälle gegen das Mißgeschick wären, und als ob die Ruhe der Natur die unglücklichen Stürme der Seele beschwichtigen könnte. Allein die Vorsehung, die uns zu Hülfe kommt, wenn wir nur die notwendigen Güter begehren, hatte für die Frau von *Latour* eines aufbehalten, das weder Reichthum noch Größe gibt, nämlich eine Freundin.

Es wohnte an diesem Ort seit einem Jahr eine lebhafte, gute und gefühlvolle Frau, Namens *Margarethe*. Sie war in Bretagne geboren und stammte aus einer schlichten Bauernfamilie, von der sie zärtlich geliebt war, und welche sie glücklich gemacht hätte, wäre sie nicht so schwach gewesen, den Liebesversicherungen eines Edelmannes aus ihrer Nachbarschaft Glauben zu schenken, der ihr die Ehe versprochen hatte; dieser aber, nachdem er seine Leidenschaft befriedigt, entfernte sich von ihr und weigerte sich sogar, ihr den Unterhalt für ein Kind zuzusichern, welches sie unter dem Herzen trug, als er sie verließ. Sie hatte sich damals entschlossen, für immer von dem Dorfe, wo sie geboren war, Abschied zu nehmen und ihren Fehltritt in den Colonien zu verbergen, fern von ihrer Heimath, wo sie die einzige Mitgabe eines armen und ehrlichen Mädchens, ihren guten Ruf, verloren hatte. Ein alter Schwarzer, den sie um einiges geliehenes Geld angekauft hatte, bebaute mit ihr einen kleinen Winkel dieser Gegend.

Margarethen nun traf Frau von *Latour*, begleitet von ihrer Negerin, an diesem Orte an, wie sie gerade ihr Kind stillte. Sie war sehr erfreut, eine Frau in einer Lage zu treffen, welche sie der ihrigen für ähnlich hielt. Sie eröffnete ihr in wenigen Worten ihre früheren Umstände und ihre gegenwärtigen Bedürfnisse. *Margarethe* wurde bei der Erzählung der Frau von *Latour* von Mitleid ergriffen; und, in der Absicht, mehr ihr Vertrauen als ihre Achtung zu verdienen, bekannte sie ihr, ohne etwas zu verhehlen, die Unvorsichtigkeit, welcher sie sich schuldig gemacht hatte. »Ich,« sagte sie, »ich habe mein Los verdient; aber Sie, Madame... .. Sie, weise und unglücklich!« Und sie bot ihr unter Thränen ihre Hütte und ihre Freundschaft an. Frau von*Latour*, voll Rührung über einen so zarten Empfang, sagte zu ihr, indem sie sie in ihre Arme schloß: »Ha! Gott will mein Leiden enden, da er Ihnen gegen mich, die ich Ihnen fremd bin, mehr Güte einflößt, als ich je bei meinen Verwandten gefunden habe.«

Ich kannte *Margarethen;* und, obwohl ich anderthalb Meilen von hier im Walde hinter dem *langen Berge* wohne, betrachtete ich mich doch als ihren Nachbar. In den europäischen Städten verhindert eine Straße, eine einfache Mauer die Glieder einer und derselben Familie ganze Jahre hindurch, zusammen zu kommen; aber in den neuen Colonien sieht man Diejenigen als seine Nachbarn an, von welchen man nur durch Wälder und Berge getrennt ist. In jener Zeit besonders, wo diese Insel noch wenig Handel nach Indien trieb, war schon die bloße Nachbarschaft ein Anspruch auf Freundschaft, und die Ausübung der Gastfreiheit gegen Fremde eine Pflicht und ein Vergnügen. Als ich erfuhr, daß meine Nachbarin eine Gesellschafterin habe, besuchte ich sie, um zu sehen, ob ich nicht der Einen oder der Andern nützlich werden könnte. Ich fand in Frau von *Latour* eine Person von anziehender Gesichtsbildung voll Adel und Schwermuth. Sie war damals ihrer Entbindung nahe. Ich machte die beiden Frauen darauf aufmerksam, daß es ihrer Kinder wegen und besonders, um die Niederlassung irgend eines andern Bewohners zu hintertreiben, räthlich wäre, den Grund dieses Beckens, der ungefähr zwanzig Morgen begreift, unter ihnen zu theilen. Sie überließen mir diese Theilung. Ich machte zwei beinahe gleiche Portionen daraus.: die eine bestand aus dem obern Theil dieses eingeschlossenen Bezirks, von jener mit Wolken bedeckten Felsenspitze an, aus welcher die Quelle des Latanflusses hervorbricht, bis. zu der steilen Oeffnung, die Sie oben auf dem Berge sehen, und die man *die Schießscharte* nennt, weil sie wirklich einer Geschützöffnung in einer Mauer gleicht. Der Grund dieses Bodens ist so felsig und klüftig, daß man kaum darauf gehen kann; übrigens bringt er große Bäume hervor und ist voll Quellen und kleiner Bäche. Unter der andern Portion begriff ich den ganzen untern Theil, welcher sich längs des Latanflusses bis zu der Thalmündung ausdehnt, wo wir uns befinden, und von wo dieser Fluß zwischen zwei Hügeln bis zum Meere hinzulaufen beginnt. Sie sehen hier einige Wiesenstreifen und einen ziemlich ebenen Boden, der aber nicht besser ist, als der andere. denn in der Regenzeit ist er sumpfig und in der trockenen Jahreszeit hart wie Blei: wenn man alsdann einen Graben hier ziehen will, so ist man genöthigt, ihn mit der Axt auszuhauen. Nachdem ich diese zwei Theile gemacht hatte, forderte ich die beiden Frauen auf, sie unter einander zu verlosen. Der obere Theil fiel der Frau von *Latour,* und der untere *Margarethen* zu. Beide waren zufrieden mit ihrem Los, baten mich jedoch, ihre Wohnung nicht zu trennen, »damit wir,« sagten sie zu mir, »uns immer sehen und sprechen und einander helfen können.« Indessen mußte doch jede derselben einen besondern Zufluchtsort haben. Die Hütte *Margarethens* befand sich mitten in dem Becken, gerade auf den Grenzen ihres Grundeigentums. Ich erbaute ganz nahe dabei, auf demjenigen der Frau von *Latour,* eine zweite Hütte, so daß die beiden Freundinnen zugleich in der Nähe von einander und doch jede auf dem Besitzthum ihrer Familie war. Ich selbst habe Pfähle dazu auf dem Berge gehauen; ich habe Latanblätter von den Ufern des Meeres herbeigetragen, um diese beiden Hütten aufzurichten, an denen Sie jetzt weder Thüre noch Dachbedeckung mehr sehen. Ach, es ist nur noch zu viel davon für meine Erinnerung übrig! Die Zeit, welche die Denkmale der Königreiche so schnell zerstört, scheint in diesen Einöden die der Freundschaft zu schonen, um meinen Kummer bis an mein Lebensende zu verlängern.

Als kaum die zweite dieser Hütten vollendet war, wurde Frau von *Latour* von einer Tochter entbunden. Ich war der Pathe von *Margarethens* Kind gewesen, welches Paul hieß. Frau von *Latour* bat mich, auch ihre Tochter in Gemeinschaft mit ihrer Freundin aus der Taufe zu heben. Die Letztere gab ihr den Namen *Virginie.* »Sie wird tugendhaft seyn,« sagte sie, »und sie wird glücklich seyn. Ich habe das Unglück erst kennen gelernt, als ich mich von der Tugend entfernte.«

Als Frau von *Latour* wieder aus den Wochen war, fingen die beiden kleinen Pflanzungen an in einigen Ertrag zu kommen vermöge der Sorgfalt, welche ich von Zeit zu Zeit darauf verwendete, hauptsächlich aber durch die emsigen Arbeiten ihrer Sklaven. Der Schwarze *Margarethens,* mit Namen *Domingo,* war ein Jolof-Neger und noch wohl bei Kräften, wenn schon bejahrt. Er hatte Erfahrung und einen gesunden natürlichen Verstand. Er baute ohne Unterschied auf beiden Besitzungen die Bodenstrecken an, welche ihm die fruchtbarsten schienen, und zog in denselben Dasjenige, was am besten darin fortkam. Er säte Hirse und Wälschkorn an die mittelmäßigen

Plätze, ein wenig Weizen in den guten Boden, Reiß in die sumpfigen Gründe und an dem Fuß der Felsen eßbaren Eibisch, Calebassen und Gurken, welche sich gerne daran herumranken. An den trockenen Stellen pflanzte er Pataten, welche daselbst sehr süß werden, Baumwolle auf den Höhen, Zuckerrohr im starken Boden, Kaffee auf den Hügeln, wo die Narbe nicht tief, aber vortrefflich ist; längs des Flusses und um die Hütten her Pisangbäume, welche das ganze Jahr hindurch lange Fruchtzweige mit schönem Schatten geben, und endlich einige Tabakspflanzen, um sich und seinen guten Gebieterinnen die Sorgen zu versüßen. Er fällte Brennholz auf dem Berge und sprengte Felsen da und dort in den Pflanzungen, um die Wege darin zu ebnen. Alle diese Arbeiten verrichtete er mit Einsicht und Thätigkeit, weil er sie mit Eifer verrichtete. Er war sehr anhänglich an *Margarethen*, und nicht minder war er es an Frau von *Latour*, deren Negerin er bei *Virginiens* Geburt geheirathet hatte. Er liebte seine Frau, welche Marie hieß, leidenschaftlich. Sie war auf Madagascar geboren, von wo sie einigen Kunstfleiß mitgebracht hatte, besonders in Verfertigung von Körben und sogenannten Negerschürzen aus Gräsern, welche in den Wäldern wachsen. Sie war geschickt, reinlich und sehr treu. Sie besorgte die Zubereitung des Essens und die Zucht einiger Hühner und ging von Zeit zu Zeit nach Port-Louis, um den Ueberfluß von dem Ertrage der beiden Pflanzungen zu verkaufen, der freilich höchst unbedeutend war. Nehmen Sie dazu zwei neben den Kindern aufwachsende Ziegen und einen großen Hund, welcher des Nachts draußen Wache hielt, so können Sie sich eine Vorstellung von dem ganzen Einkommen und Hauswesen dieser beiden kleinen Maiereien machen.

Was die beiden Freundinnen betrifft, so spannen sie vom Morgen bis zum Abend Baumwolle. Diese Arbeit reichte hin zu ihrem und ihrer Familie Unterhalt; sonst aber waren sie so entblößt von fremdartigen Bequemlichkeiten, daß sie in ihrer Pflanzung barfuß gingen und nur Schuhe trugen, um Sonntags früh die Messe in der Kirche der Pompelmusen zu besuchen, die Sie dort unten sehen. Es ist indessen viel weiter dahin, als nach Port-Louis; sie begaben sich jedoch selten in die Stadt, aus Scheu, selbst über die Achsel angesehen zu werden, weil sie, wie Sklavinnen, in grobe blaue bengalische Leinwand gekleidet waren. Alles wohl bedacht, wiegt das öffentliche Ansehen das häusliche Glück auf? Wenn diese Frauen draußen ein wenig zu leiden hatten, so gingen sie um so lieber wieder heim. Kaum gewahrten *Marie* und *Domingo* sie von dieser Anhöhe auf dem Wege der Pompelmusen, so liefen sie ihnen bis an den Fuß des Berges entgegen, um ihnen denselben heraufsteigen zu helfen. Sie lasen in den Augen ihrer Sklaven die Freude darüber, sie wieder zu sehen. Zu Hause trafen sie Reinlichkeit, Freiheit – Güter, welche sie nur ihren eigenen Arbeiten verdankten – und Dienstboten voll Eifer und Anhänglichkeit. Sie selbst, durch die gleichen Bedürfnisse vereinigt, durch eine ähnliche Leidensschule gegangen, durch die süßen Namen Freundin, Gefährtin und Schwester an einander gekettet, hatten nur *einen* Willen, *einen* Vortheil, *einen* Tisch. Alles war gemeinschaftlich unter ihnen. Nur, wenn eine frühere Glut, lebendiger als die der Freundschaft, in ihrer Seele wieder erwachte, richtete eine reine Religion, unterstützt von keuschen Sitten, ihren Geist auf ein anderes Leben, wie die Flamme, welche zum Himmel entschwebt, wenn sie auf der Erde keine Nahrung mehr hat.

Trug etwas zum Glück ihrer Vereinigung bei, so war es die gemeinsame Ausübung natürlicher Pflichten. Ihre gegenseitige Freundschaft verdoppelte sich bei dem Anblick ihrer Kinder, der Frucht einer gleich unglücklichen Liebe. Sie machten sich ein Vergnügen daraus, sie zusammen in dasselbe Bad zu setzen und in dieselbe Wiege zu legen. Oft nahm die Eine das Kind der Andern an die Brust, um es zu stillen. »Meine Freundin!« sagte Frau von *Latour*, »jede von uns soll zwei Kinder, und jedes von unsern Kindern zwei Mütter haben.« Wie zwei Knospen, welche an zwei Bäumen von gleicher Gattung übrig bleiben, nachdem der Sturm alle Aeste derselben zerbrochen hat, süßere Früchte treiben, wenn jede von ihnen von dem Mutterstamm weggenommen und auf den Nachbarstamm gepfropft wird. so erfüllte sich das Gemüth dieser beiden aller ihrer sonstigen Verwandten beraubten kleinen Kinder mit zärtlicheren Gefühlen, als denen von Sohn und Tochter, Bruder und Schwester, wenn sie von den beiden Freundinnen, die ihnen das Leben gegeben hatten, wechselsweise an die Brust gelegt wurden. Schon an ihren Wiegen sprachen ihre Mütter von ihrer Heirath; und diese Aussicht auf eheliches Glück, durch welche sie ihre eigenen Leiden versüßten, endigte sehr oft damit, daß sie weinen mußten: die Eine, wenn ihr einfiel, ihr Unglück rühre daher, daß sie das Eheband verscherzt habe, und die Andere, daß sie es eingegangen; die Eine, daß sie sich über ihren Stand erhoben, und die Andere, daß sie sich unter denselben heruntergebegeben habe; allein sie trösteten sich mit dem Gedanken, daß eines Tages ihre Kinder, glücklicher als sie, fern von Europas grausamen Vorurtheilen, zugleich die Wonne der Liebe und das Glück der Gleichheit genießen würden.

Wirklich konnte man auch nichts mit der Zuneigung vergleichen, welche sie bereits gegen einander an den Tag legten. Wenn *Paul* klagte, so zeigte man ihm *Virginien*; bei ihrem Anblick lächelte er und wurde ruhig. Wenn *Virginien* etwas fehlte, so wurde man durch *Pauls* Schreien davon in Kenntniß gesetzt; allein das liebenswürdige Mädchen verhehlte eben so bald ihr Uebel, damit er unter ihrem Schmerz nicht leiden sollte. Ich kam nicht *ein* Mal hieher, daß ich nicht Beide ganz nackt nach der Gewohnheit des Landes, als sie kaum gehen konnten, Hand in Hand und die Arme ineinander geschlungen gesehen hätte, wie man das Gestirn der Zwillinge abbildet. Sogar die Nacht konnte sie nicht trennen; sie überraschte sie oft, während sie in derselben Wiege lagen, Wange an Wange, Brust an Brust, die Hände gegenseitig um ihren Hals gelegt, und Eines in den Armen des Andern eingeschlafen.

Wie sie sprechen konnten, waren die ersten Namen, die sie sich geben lernten, Bruder und Schwester. Die Kindheit, welche zärtlichere Liebkosungen kennt, findet doch keine süßere Namen. Ihre Erziehung verdoppelte nur ihre Freundschaft dadurch, daß sie dieselbe auf ihre wechselseitigen Bedürfnisse richtete. Bald war Alles, was zur Haushaltung, zur Reinlichkeit, zur Bereitung eines ländlichen Mahles gehört, *Virginiens* Wirkungskreis, und ihre Arbeiten wurden stets von den Lobsprüchen und Küssen ihres Bruders begleitet. Dieser dagegen, unaufhörlich in Thätigkeit, schorte mit *Domingo* im Garten; oder begleitete er denselben, eine kleine Axt in der Hand, in den Wald; und wenn er bei diesen Ausflügen eine schöne Blume, eine wohlschmeckende Frucht oder ein Vogelnest ansichtig wurde, wären sie auch auf dem Gipfel eines Baumes gewesen, so kletterte er hinauf, um sie seiner Schwester zu bringen.

Wenn man dem Einen von ihnen begegnete, so war man sicher, daß das Andere nicht weit sey. Als ich eines Tages von dem Gipfel dieses Berges herabstieg, bemerkte ich am äußersten Ende des Gartens *Virginien*, welche dem Hause zulief, ihr Unterröckchen über dem Kopf, das sie hinten hinaufgeschlagen hatte, um sich gegen einen Regenguß zu schützen. Von Weitem glaubte ich, sie sey allein; als ich aber näher hinzu kam, um ihr vorwärts zu helfen, sah ich, daß sie Paul am Arm hielt, der beinahe ganz in dieselbe Bedeckung eingehüllt war, wobei Beide darüber lachten, daß sie zusammen unter einem Regenschirm von ihrer eigenen Erfindung im Trockenen seyen. Die beiden reizenden Köpfchen, unter dem aufgeblasenen Unterröckchen versteckt, erinnerten mich an die Kinder der Leda, welche in einer und derselben Schale eingeschlossen waren.

Ohne sich desselben deutlich bewußt zu werden, ging ihr ganzes Dichten und Trachten darauf, einander gegenseitig gefällig zu seyn und zu helfen. Im Uebrigen waren sie so unwissend wie Creolen und konnten weder lesen noch schreiben. Sie bekümmerten sich nichts um das, was in vergangenen Zeiten und ferne von ihnen geschehen war; ihre Wißbegierde erstreckte sich nicht über jenen Berg hinaus. Sie glaubten, das Ende der Welt sey an den Grenzen ihrer Insel und dachten sich nichts Liebenswürdiges, wo sie nicht waren. Ihre gegenseitige Neigung und die Zärtlichkeit ihrer Mütter nahmen die ganze Thätigkeit ihrer Seelen in Anspruch. Nie hatte unnützes Wissen ihre Thränen fließen gemacht, nie hatten die Lehren einer traurigen Moral sie mit Langweile erfüllt. Sie wußten nichts davon, daß man nicht stehlen solle, weil Alles bei ihnen gemeinschaftlich war, noch, daß man nicht unmäßig seyn solle, weil ihnen einfache Speisen nach Belieben zu Gebot standen, noch, daß man nicht lügen solle, weil sie keine Wahrheit zu verheimlichen hatten. Niemals hatte man sie dadurch erschreckt, daß man ihnen sagte, Gott habe für die undankbaren Kinder schreckliche Strafen in Bereitschaft: bei ihnen war die kindliche Anhänglichkeit aus der mütterlichen Zärtlichkeit entsprungen. Von der Religion hatte man ihnen nur so viel gelehrt, als dazu dient, Liebe zu ihr einzuflößen, und, wenn sie keine lange Gebete in der Kirche darbrachten, so erhoben sie überall, wo sie waren, zu

Hause, auf dem Felde, in den Wäldern, unschuldige Hände und ein Herz voll Liebe zu ihren Eltern gen Himmel.

Also verging ihre erste Kindheit, wie eine schöne Morgenröthe, die einen schönen Tag verheißt. Schon theilten sie mit ihren Müttern alle Haushaltungssorgen. Sobald der Hahnenschrei die Wiederkehr Aurorens verkündigte, stand *Virginie* auf, holte Wasser an der nahen Quelle und kehrte in das Haus zurück, um das Frühstück zu bereiten. Bald nachher, wenn die Sonne die Spitzen dieses Felsenkranzes vergoldete, begab sich *Margarethe* mit ihrem Sohn zu Frau von *Latour*: dann begann ein gemeinschaftliches Gebet, auf welches die erste Mahlzeit folgte; oft nahmen sie dieselbe vor der Thüre ein, wobei sie sich in das Gras unter eine Pisanglaube setzten, welche ihnen nicht nur in ihren nahrhaften Früchten ganz fertig zubereitete Speisen, sondern auch in ihren breiten, langen und glänzenden Blättern Tafelzeug lieferte. Eine gesunde und reichliche Nahrung entwickelte schnell den Körper der beiden jungen Leute, und eine sanfte Erziehung malte auf ihren Gesichtszügen die Reinheit und Zufriedenheit ihrer Seele. Virginie zählte nur erst zwölf Jahre, und ihr Wuchs war bereits mehr als halb vollendet; reiche blonde Haare umschatteten ihr Haupt; ihre blauen Augen und korallrothen Lippen verbreiteten den zartesten Schimmer über ihr frisches Gesicht und lächelten immer harmonisch, wenn sie sprach; schwieg sie aber stille, so gab ihnen ihre natürliche Stellung himmelwärts einen Ausdruck von äußerster Empfindsamkeit und selbst einen leichten Anstrich von Schwermuth. In *Paul* dagegen sah man bereits den Charakter eines Mannes mitten in der Anmuth der Jugend sich entwickeln. Sein Wuchs war höher als der *Virginiens*, seine Gesichtsfarbe dunkler, seine Nase gebogener, und seine schwarzen Augen hätten etwas Stolzes gehabt, wenn nicht die langen Wimpern, die sich wie Pinsel um dieselben herzogen, ihnen die größte Sanftheit verliehen hätten. Obgleich er beständig in Bewegung war, so wurde er doch, sobald seine Schwester erschien, ruhig und setzte sich neben sie. Oft ging ihre Mahlzeit vorüber, ohne daß sie ein Wort mit einander sprachen. Bei ihrem Schweigen, bei der Natürlichkeit ihrer Stellungen, bei der Schönheit ihrer nackten Füße hätte man glauben können, eine antike Gruppe von weißem Marmor, ein Paar von Niobe's Kindern vorstellend, zu sehen; aber bei ihren Blicken, welche sich zu begegnen suchten, bei ihrem Lächeln, welches mit noch süßerem Lächeln erwidert wurde, hätte man sie für jene Kinder des Himmels, für jene seligen Geister gehalten, deren Wesen es ist, sich zu lieben, und welche nicht nöthig haben, dem Gefühle Gedanken und der Freundschaft Worte zu leihen.

Indem aber Frau von *Latour* ihre Tochter sich so reizend entfalten sah, fühlte sie mit ihrer Zärtlichkeit auch ihre Unruhe wachsen. Sie sagte manchmal zu mir. »Wenn ich stärbe, was würde aus *Virginien* ohne Vermögen werden?«

Sie hatte in Frankreich eine Muhme, ein vornehmes, reiches, altes und frömmelndes Fräulein, welche ihr, nachdem sie mir Herrn von *Latour* verheirathet war, ihre Unterstützung mit solcher Härte verweigert hatte, daß sie sich selbst das Wort gab, nie wieder ihre Zuflucht zu ihr zu nehmen, sollte sie auch in die äußerste Noth gerathen. Seitdem sie aber Mutter war, fürchtete sie sich nicht mehr vor der Beschämung durch eine abschlägige Antwort. Sie benachrichtigte ihre Muhme von dem unerwarteten Tod ihres Mannes, von der Geburt ihrer Tochter und von der Verlegenheit, in der sie, fern von ihrer Heimath, jeder Hülfe bar und mit der Sorge um ein Kind beladen, sich befinde. Sie erhielt keine Antwort darauf. Trotz ihres erhabenen Charakters scheute sie sich doch nicht vor der Erniedrigung und den Vorwürfen ihrer Verwandtin, die es ihr nie verzeihen konnte, daß sie einen Menschen ohne Geburt, wiewohl mit Tugend begabt, geheirathet hatte. Sie schrieb ihr daher bei jeder Gelegenheit, um sie zu Gunsten *Virginiens* zu stimmen; aber viele Jahre waren verflossen, ohne daß sie von ihr irgend einen Beweis von Andenken erhalten hätte.

Als endlich, im Jahr 1738, drei Jahre nach der Ankunft des Herrn von *Labourdonnais* auf dieser Insel, Frau von *Latour* erfuhr, daß dieser Gouverneur ihr einen Brief von ihrer Muhme zuzustellen habe, lief sie nach Port-Louis, ohne sich dießmal darum zu bekümmern, daß sie in einem dürftigen Anzug daselbst erschien, indem die mütterliche Freude sie über die Achtung von Seiten der Menschen erhob. Herr von *Labourdonnais* händigte ihr wirklich einen Brief von ihrer Muhme ein. Diese schrieb ihrer Nichte, sie habe ihr Los verdient, weil sie einen Abenteurer, einen lockeren Menschen geheirathet; die Leidenschaften tragen ihre Strafe in sich selbst; der frühzeitige Tod ihres Mannes sey eine gerechte Züchtigung von Gott; sie habe wohl daran gethan, auf die Inseln hinüber zu gehen, lieber als ihre Familie in Frankreich zu beschimpfen; übrigens sey sie in einem guten Lande, wo Jedermann sein Glück mache, Müßiggänger ausgenommen. Nachdem sie sie solchergestalt geschmäht hatte, schloß sie damit, daß sie sich selbst lobte: um den oft so traurigen Folgen der Ehe zu entgehen, sagte sie, habe sie stets jeden Heirathsantrag ausgeschlagen. Die Wahrheit ist, daß sie übertriebene Ansprüche machte und nur einen Mann von hohem Stande heirathen wollte; allein, ungeachtet sie sehr reich war, und man bei Hof gegen Alles, außer dem Vermögen, gleichgültig ist, so hatte sich doch Niemand gefunden, der Lust gehabt hätte, sich mit einem so häßlichen Fräulein und einem so harten Herzen zu verbinden.

Am Schluß des Briefes setzte sie in einer Nachschrift bei, nach reiflicher Ueberlegung habe sie sie dem Herrn von *Labourdonnais* bestens empfohlen. Dieß hatte sie auch wirklich gethan, aber nach einem heutzutage sehr gewöhnlichen Gebrauch, durch welchen man einen Beschützer bekommt, der mehr zu fürchten ist, als ein erklärter Feind: um ihre Härte gegen ihre Nichte bei dem Gouverneur zu rechtfertigen, hatte sie dieselbe verleumdet, während sie that, als ob sie Bedauern mit ihr hätte.

Man hätte, wenn man unbefangen war, alle Mühe gehabt, Frau von *Latour* ohne Theilnahme und Achtung anzusehen; aber von Herrn von *Labourdonnais*, der zum Voraus gegen sie eingenommen war, wurde sie sehr frostig empfangen. Auf die Beschreibung, welche sie von ihrer und ihrer Tochter Lage machte, antwortete er nur mit harten Worten und in abgerissenen Sätzen. »Ich will sehen;... .. wir wollen sehen;... .. mit der Zeit... .. es gibt viele Unglückliche!... .. warum eine so achtungswürdige Muhme gegen sich aufbringen?... .. das Unrecht ist auf Ihrer Seite.«

Mit tiefer Betrübniß und voll Bitterkeit im Herzen kehrte Frau von *Latour* nach der Pflanzung zurück. Nachdem sie angekommen war, setzte sie sich, warf den Brief von ihrer Muhme auf den Tisch und sagte zu ihrer Freundin. »Das ist die Frucht elfjähriger Geduld!« Allein, da von der Gesellschaft Niemand außer Frau von *Latour* lesen konnte, so nahm sie den Brief wieder auf und las ihn der ganzen versammelten Familie vor. Kaum war sie damit zu Ende, als *Margarethe* in lebhaftem Ton zu ihr sagte: »Wozu brauchen wir deine Verwandten? Hat Gott uns verlassen? Er allein ist unser Vater. Haben wir nicht bis diesen Tag glücklich gelebt? Warum dich also bekümmern? Du hast keinen Muth!« Und, als sie Frau von *Latour* weinen sah, warf sie sich an ihren Hals, schloß sie in ihre Arme und rief. »Meine theure, theure Freundin!« Aber ihre eigenen Seufzer erstickten ihre Stimme. Bei diesem Anblick brach *Virginie* in Thränen aus und drückte wechselsweise die Hände ihrer Mutter und *Margarethens* gegen ihren Mund und ihr Herz; und *Paul* mit von Zorn flammenden Augen schrie, ballte die Fäuste, stampfte mit dem Fuß und wußte nicht, an wen als den Schuldigen er sich halten sollte. Auf diesen Lärm liefen *Domingo* und *Marie* herbei, und man hörte in der Hütte nichts mehr als Schmerzensrufe: »Ach, Madame!... .. Meine gute Gebieterin!... .. Liebe Mutter!... .. Weinen Sie doch nicht!« So zarte Beweise von Zuneigung verscheuchten den Kummer der Frau von *Latour*. Sie nahm *Paul* und *Virginie* in ihre Arme und sagte mit beruhigter Miene zu ihnen: »Meine Kinder, ihr seyd die Ursache meiner Betrübniß, aber ihr seyd meine einzige Freude. O meine theuren Kinder! das Unglück hat mich nur von ferne getroffen; um mich her ist das Glück.« *Paul* und *Virginie* begriffen sie nicht; aber, als sie sie ruhig sahen, lächelten sie und liebkosten ihr. So waren sie insgesammt nach wie vor glücklich, und der Vorfall war nichts als ein Sturm mitten in einer schönen Jahreszeit.

Die gute Gemütsart dieser Kinder entwickelte sich von Tag zu Tag mehr. Eines Sonntags beim Aufgang der Morgenröthe, als ihre Mütter zur Frühmesse nach der Kirche der Pompelmusen gegangen waren, erschien eine entlaufene Negerin unter den Pisangbäumen, welche ihre Wohnung umgaben. Sie war abgemagert wie ein Skelet, und ihre ganze Kleidung bestand aus einem Lappen grober Packleinwand um die Lenden. Sie warf sich *Virginien*, welche eben das Frühstück für die Familie bereitete, zu Füßen und sagte zu ihr: »Mein Fräulein, haben Sie Mitleid mit einer armen flüchtigen Sklavin; seit einem Monat irre ich in diesen Bergen umher, halb todt vor Hunger, oft verfolgt von Jägern und ihren Hunden. Ich fliehe vor meinem Herrn, der ein reicher Pflanzer am *schwarzen Flusse* ist: er hat mich behandelt, wie Sie hier sehen.« Damit wies sie auf ihren Körper, welcher mit tiefen Narben von den Peitschenhieben, die sie von ihm bekommen hatte, ganz durchfurcht war. Sie setzte hinzu: »Ich wollte mich ertränken; aber, da ich wußte, daß Sie hier wohnen, sagte ich: solang es noch gute Weiße in diesem Lande gibt, braucht man noch nicht zu sterben.« Im Innersten gerührt antwortete ihr *Virginie:* »Stärke dich, unglückliches Geschöpf! iß, iß;« und sie gab ihr das Frühstück, welches sie für die Hausbewohner bereitet hatte. Die Sklavin schlang es in wenigen Augenblicken ganz hinab. Als *Virginie* sah, daß sie satt war, sagte sie zu ihr. »Arme Unglückliche! ich möchte wohl hingehen und deinen Herrn für dich um Gnade bitten; wenn er dich sieht, wird er Mitleid haben. Willst du mich zu ihm führen?« – »Engel Gottes!« erwiderte die Negerin, »ich folge Ihnen überall, wohin Sie wollen.« *Virginie* rief ihrem Bruder und bat ihn, sie zu begleiten. Die entlaufene Sklavin führte sie auf Fußpfaden mitten durch die Wälder über hohe Berge, welche sie sehr mühsam erkletterten, und über breite Flüsse, durch welche sie hindurch wateten. Endlich gegen Mittag gelangten sie an den Fuß eines Hügels an den Ufern des *schwarzen Flusses*. Dort gewahrten sie ein wohlgebautes Haus, beträchtliche Pflanzungen und eine große Anzahl von Sklaven, welche mit allerlei Arbeiten beschäftigt waren. Ihr Herr ging mitten unter ihnen herum, eine Pfeife im Mund und ein Rohr in der Hand. Es war ein großer, hagerer, olivenfarbiger Mann mit tiefliegenden Augen und schwarzen, zusammengewachsenen Augenbrauen. *Virginie* war in großer Bewegung und hielt *Paul* am Arme, während sie sich dem Pflanzer näherte und ihn um Gotteswillen bat, seiner Sklavin, welche einige Schritte von da hinter ihnen war, zu verzeihen. Anfangs schenkte der Pflanzer den beiden ärmlich gekleideten Kindern wenig Aufmerksamkeit; als er aber den zierlichen Wuchs *Virginiens*, ihr schönes blondes Köpfchen unter der blauen Mütze bemerkte und den süßen Ton ihrer Stimme, welche, so wie ihr ganzer Körper, zitterte, während sie ihn um Gnade bat, gehört hatte, nahm er seine Pfeife aus dem Mund, erhob seinen Stock gegen den Himmel und schwor mit einem gräßlichen Eid, daß er seiner Sklavin vergebe, aber nicht um Gotteswillen, sondern ihr zu Lieb. *Virginie* gab sogleich der Sklavin einen Wink, zu ihrem Herrn hinzugehen; dann ergriff sie die Flucht, und *Paul* lief hinter ihr her.

Träumerisch und schweigend stiegen sie mit einander wieder an der Rückseite des Hügels hinauf, über welchen sie herabgekommen waren, und, aus der Höhe angelangt, setzten sie sich, erschöpft von Müdigkeit, Hunger und Durst, unter einen Baum. Sie hatten nüchtern mehr als fünf Meilen seit Sonnenaufgang gemacht. *Paul* sagte zu *Virginien:* »Liebe Schwester, Mittag ist vorüber; du hast Hunger und Durst; wir werden hier nichts zu essen finden: wir wollen den Hügel wieder hinabsteigen und den Herrn der Sklavin um etwas zu essen bitten.« – »O nein, mein Freund!« entgegnete *Virginie*, »er hat mir zu sehr Angst gemacht. Erinnere dich daran, was Mama manchmal sagt: Das Brod des Gottlosen füllt den Mund mit Kies.« – »Was sollen wir aber thun?« sagte *Paul*; »diese Bäume tragen nur schlechte Früchte; es gibt hier nicht einmal eine Tamarinde oder einen Citronenbaum, um dich zu erquicken.« – »Gott wird sich unser erbarmen,« entgegnete *Virginie*, »er hört die Stimme der kleinen Vögel, welche ihn um Nahrung bitten.« Kaum hatte sie diese Worte gesagt, als sie das Rieseln einer Quelle hörten, welche von einem nahen Felsen herabfiel. Sie liefen hin; und, nachdem sie mit ihrem Wasser, das heller war, als Kristall, ihren ersten Durst gelöscht hatten, sammelten und aßen sie ein wenig Kresse, die an ihren Ufern wuchs. Wie sie nach allen Seiten umher spähten, ob sie nicht eine nahrhaftere Speise finden könnten, bemerkte *Virginie* unter den Bäumen des Waldes eine junge Palme. Der Kohl, welchen der Gipfel dieses Baumes mitten in seinen Blättern einschließt, ist ein sehr gutes Essen; aber, obgleich sein Stamm nicht dicker war, als ein Bein, so hatte er doch mehr als sechzig Fuß Höhe. Zwar besteht das Holz dieses Baumes nur aus einem Faserbündel; aber sein Splint ist so hart, daß die besten Aexte daran abprallen, und *Paul* hatte nicht einmal ein Messer. Er gerieth auf den Einfall, Feuer an den Fuß der Palme zu legen. Neue Verlegenheit: er hatte keinen Stahl, und überdieß konnte man schwerlich auf dieser mit Felsen so überdeckten Insel einen einzigen Feuerstein finden. Die Noth macht erfinderisch, und oft hat man die nützlichsten Entdeckungen den unglücklichsten Menschen zu verdanken gehabt. *Paul* beschloß, nach Art der Schwarzen Feuer anzuzünden. Mit der scharfen Ecke eines Steins machte er ein kleines Loch in einen sehr dürren Baumast, den er unter die Füße nahm; mit der Schneide dieses Steines spitzte er dann ein anderes gleichfalls trockenes Stück von einem Aste zu, der aber von einer verschiedenen Holzgattung war. Hieraus steckte er das zugespitzte Stück Holz in das kleine Loch des Astes unter seinen Füßen; und, nachdem er es mit großer Schnelligkeit zwischen seinen Händen gedreht hatte, wie man einen Quirl dreht, mit welchem man Chocolade schäumen machen will, sah er in wenigen Augenblicken aus dem Berührungspunkte Rauch und Funken herausgehen. Er raffte trockenes Gras und andere Baumzweige zusammen und legte das Feuer an den Fuß der Palme, welche bald nachher mit großem Krachen fiel. Das Feuer benützte er noch, um den Palmkohl von der Umhüllung seiner langen, holzigen und stachligen Blätter zu befreien. *Virginie* und er aßen einen Theil dieses Kohls roh, den andern unter der Asche geröstet, und sie fanden Beides gleich schmackhaft. Bei diesem einfachen Mahle waren sie sehr vergnügt in der Erinnerung an die gute Handlung, welche sie am Morgen verrichtet hatten; aber diese Freude war gestört durch die Unruhe, in welcher sie ihre Mütter wegen ihrer langen Abwesenheit von Hause wußten. *Virginie* kam oft auf diesen Gegenstand zurück. Aber *Paul*, welcher seine Kräfte wieder hergestellt fühlte, versicherte sie, daß sie bald im Stande seyn würden, ihre Eltern zu beruhigen.

KAPITEL 2

Als ihre Mahlzeit geendigt war, befanden sie sich in einer großen Verlegenheit, denn sie hatten keinen Wegweiser mehr, um sie nach Hause zurückzuführen. *Paul*, welcher sich durch nichts irre machen ließ, sagte zu *Virginien:* »Unsere Hütte liegt dahin, wo die Sonne im Mittag steht: wir müssen, wie heute Morgen, über den Berg steigen, den du dort unten mit seinen drei Spitzen siehst. Wohlan, meine Liebe, wir wollen uns auf den Weg machen!« Dieser Berg war der der *drei Zitzen*, von der Form seines dreigespaltenen Gipfels so genannt. Sie stiegen also den Hügel des *schwarzen Flusses* auf der Nordseite hinab und kamen, nachdem sie eine Stunde gegangen waren, an die Ufer eines breiten Flusses, der ihnen den Weg versperrte. Dieser große, ganz mit Wäldern bedeckte Theil der Insel ist selbst heutzutage so wenig bekannt, daß mehrere von seinen Flüssen und Bergen noch nicht einmal einen Namen haben. Der Fluß, an dessen Rand sie waren, rollt schäumend über ein felsiges Bette. Das Geräusch seiner Wasser erschreckte *Virginien*; sie wagte keinen Fuß hinein, um ihn zu durchwaten. Da nahm *Paul Virginien* auf seinen Rücken und ging mit dieser Last auf den schlüpfrigen Felsen des Flusses, trotz dem Getöse seiner Wasser, hinüber. »Habe keine Angst,« sagte er zu ihr, »ich fühle mich stark genug mit dir. Hätte der Pflanzer vom *schwarzen Flusse* dir die Begnadigung seiner Sklavin verweigert, so hätte ich mich mit ihm geschlagen.« – »Wie!« sagte *Virginie*, »mit diesem so großen und so garstigen Manne? Welcher Gefahr habe ich dich ausgesetzt! Mein Gott, wie schwer ist es, Gutes zu thun! nur das Böse wird einem leicht gemacht.«

Wie *Paul* am Ufer war, wollte er, seine Schwester auf dem Rücken, seinen Weg fortsetzen und schmeichelte sich, mit seiner Bürde den Berg der drei Zitzen, den er auf eine halbe Meile vor sich sah, besteigen zu können; aber bald versagten ihm die Kräfte, und er sah sich genöthigt, sie auf den Boden niederzusetzen und neben ihr auszuruhen. Jetzt sagte *Virginie* zu ihm: »Mein Bruder, der Tag neigt sich; du hast noch Kräfte, und die meinigen versagen mir ihre Dienste; laß mich hier und kehre allein zu unserer Hütte zurück, um unsere Mütter zu beruhigen.« »O nein,« sagte *Paul*; »ich verlasse dich nicht. Wenn uns die Nacht in diesen Wäldern überfällt, so zünde ich Feuer an und fälle einen Palmbaum; du issest den Kohl davon, und ich mache dir aus seinen Blättern eine Laube, um dir Schutz zu gewähren.« Nachdem indessen *Virginie* ein wenig ausgeruht hatte, pflückte sie an dem Stamm eines alten über den Rand des Flusses sich neigenden Baumes lange Hirschzungenblätter, welche an demselben herabhingen; daraus machte sie eine Art von Halbstiefeln, womit sie ihre von den Steinen auf dem Wege blutig geritzten Füße umgab; denn im Eifer, nützlich zu seyn, hatte sie vergessen, Schuhe anzuziehen. Als sie sich durch die Frische dieser Blätter etwas erleichtert fühlte, brach sie einen Bambusast und machte sich auf den Weg, indem sie sich mit der einen Hand auf diesen Stab, mit der andern auf ihren Bruder stützte.

Trieb sie auch ihre Unruhe noch so sehr zur Eile an, so konnten sie doch nur langsam durch den Wald weiter gehen, und bald entzog ihren Blicken die Höhe der Bäume und die Dichtigkeit ihres Laubwerks den Berg der *drei Zitzen*, auf welchen sie ihre Richtung nahmen, und sogar die Sonne, die bereits ihrem Untergange nahe war. Nach Verfluß einiger Zeit geriethen sie unvermerkt von dem gebahnten Fußpfade ab, auf dem sie bisher fortgegangen waren, und befanden sich in einem Labyrinth von Bäumen, Schlingpflanzen und Felsen, das keinen Ausgang mehr hatte. *Paul* ließ *Virginien* sich niedersetzen und fing an, ganz außer sich hin und her zu laufen, um einen Weg aus dem dichten Gestrüppe zu suchen; aber er mühte sich vergeblich ab. Er stieg auf einen hohen Baum, um wenigstens den Berg der *drei Zitzen* zu entdecken; allein er sah rings um sich her nichts als die Wipfel der Bäume, deren einige von den letzten Strahlen der untergehenden Sonne beschienen waren. Indessen bedeckte bereits der Schatten der Berge die Wälder in den Thälern; der Wind legte sich wie gewöhnlich bei Sonnenuntergang; eine tiefe Stille herrschte in diesen Einöden, und man hörte keinen andern Laut, als das Schreien der Hirsche, welche ihre Lager in diesen abgelegenen Orten aufsuchten. In der Hoffnung, ein Jäger könnte ihn hören, rief jetzt *Paul* aus Leibeskräften: »Hieher! zu Hülfe, zu Hülfe meiner

Virginie!« Aber nur das Echo des Waldes antwortete seiner Stimme und wiederholte ferner und ferner. *»Virginie!... ... Virginie!«*

Paul stieg nun, niedergedrückt von Mattigkeit und Kummer, von dem Baume herab; er suchte Mittel und Wege, um die Nacht an diesem Orte zuzubringen; aber es war da weder eine Quelle, noch ein Palmbaum, noch selbst dürre Reiser, die er hätte brauchen können, um Feuer anzuzünden. Er überzeugte sich jetzt durch Erfahrung von der ganzen Unzulänglichkeit seiner Hülfsquellen und fing an zu weinen. *Virginie* sagte zu ihm. »Weine doch nicht, mein Freund, wenn du mich nicht durch Kummer ganz niederdrücken willst! Ich, ich bin die Ursache aller deiner Leiden und derjenigen, welche jetzt unsere Mütter empfinden. Man muß nichts, nicht einmal das Gute thun, ohne seine Eltern zu fragen. O, ich bin sehr unklug gewesen!« und dabei fingen auch ihre Thränen an zu fließen. Doch sagte sie zu *Paul:* »Wir wollen zu Gott beten, mein Bruder! und er wird Erbarmen mit uns haben.« Kaum hatten sie ihr Gebet vollendet, als sie einen Hund bellen hörten. »Das ist der Hund eines Jägers,« sagte *Paul,* »welcher am Abend Hirsche auf dem Anstand schießen will.« Bald darauf verdoppelte sich das Gebell des Hundes. »Mir kommt es vor,« sagte *Virginie,* »es sey Fidel, unser Haushund; ja, ich kenne ihn an seiner Stimme: sollten wir so nahe bei unserer Heimath und am Fuß unsers Berges seyn?« Wirklich, einen Augenblick nachher, war Fidel zu ihren Füßen, bellend, heulend, winselnd und sie mit Liebkosungen überhäufend.

Wahrend sie noch von ihrer Ueberraschung nicht zurückkommen konnten, bemerkten sie *Domingo,* welcher auf sie zulief. Bei der Ankunft dieses gutmüthigen Schwarzen, der vor Freude weinte, begannen sie gleichfalls zu weinen, ohne ihm ein Wort sagen zu können. Als *Domingo* seine Besinnung wieder erlangt hatte, sagte er zu ihnen: »O meine jungen Herrschaften, in welcher Unruhe sind Ihre Mütter! Wie erstaunt sind sie gewesen, als sie beim Nachhausekommen von der Messe, wohin ich sie begleitete, Sie nicht mehr gefunden haben! *Marie,* welche in einem Winkel der Pflanzung arbeitete, hat uns nicht sagen können, wohin Sie gegangen wären. Ich lief hin und her in der ganzen Pflanzung herum und wußte selbst nicht, wo ich Sie suchen sollte. Endlich nahm ich Ihre alten Kleider

Die Anekdote, auf die Bernardin de Saint-Pierre hier anspielt, wird von Herrn Saint-John de Crève-Coeur in einem Briefe vom 4. September 1773 erzählt. Ein gewisser Le Fèvre, Enkel eines in Folge der Zurücknahme des Edicts von Nantes vertriebenen französischen Protestanten, lebte in der Grafschaft Ulster. Eines Tags – so sagt der Erzähler – als ich gerade bei diesem Colonisten war, verschwand das jüngste von seinen elf Kindern, vier Jahre alt, gegen zehn Uhr Morgens: die ganze Familie stellte in der größten Bestürzung an den Ufern des Flusses und in den Feldern Nachsuchungen an, aber vergeblich. In ihrer Angst liefen die Eltern ihre Nachbarn zu sich bitten, und dann ging der ganze Zug in den Wald, den wir mit der ängstlichsten Aufmerksamkeit durchstreiften; tausendmal riefen wir den Namen des Kindes, hatten aber keine andere Antwort, als das Echo. Endlich versammelten wir uns am Fuße des Kastanienberges, ohne die geringste Spur von dem Verlorenen bemerkt zu haben. Ich habe in meinem Leben keine betrübtere Scene gesehen.

Nachdem wir einige Minuten ausgeruht hatten, theilten wir uns in mehrere Rotten, allein die Nacht kam, ohne daß sich ein Schein von Hoffnung gezeigt hätte, und die verzweifelnden Eltern wollten durchaus nicht nach Hause gehen. Was ihre Angst noch vermehrte, waren die wilden Bergkatzen, die sich hier in Menge vorfanden und deren sich selbst Männer nicht immer erwehren können. Schon glaubten sie ihren letzten Sprößling im Rachen eines hungrigen Wolfes und sein Blut auf der Erde rieseln zu sehen. Es war eine düstere, melancholische Nacht, sie schien mir länger als ein Monat. »Derick, mein armer kleiner Derick, wo bist du? Wo bist du, mein Kind? Antworte deiner Mutter, wenn du sie hörst.« Alles umsonst. Sobald der Tag graute, fingen wir auf's Neue an zu suchen, allein es war eben so erfolglos. Schon gaben wir alle Hoffnung auf und wußten nicht mehr, was wir thun sollten.

Glücklicherweise kam ein Wilder aus dem Dorfe Anaquaga, der Pelzwaaren zu verkaufen hatte, an diesem Tage in Le Fèvre's Haus, um eine Zeitlang auszuruhen. Er war sehr überrascht, als er nur eine alte kränkliche Negerin antraf, und fragte sie: »Wo ist mein Bruder?«

»Ach!« sagte die Alte, »er hat seinen kleinen Derick verloren, und die ganze Nachbarschaft ist im Walde, um ihn suchen zu helfen.«

Es war Nachmittags drei Uhr. »Gib deinem Herrn ein Zeichen,« sagte der Wilde, »daß er zurückkommt, ich will sein Kind wiederfinden.«

Als der Vater nach Hause kam, verlangte er von ihm die Schuhe und Strümpfe, die der kleine Derick in der letzten Zeit getragen hatte, ließ seinen Hund daran riechen, nahm dann das Haus als Mittelpunkt und beschrieb von da aus einen Kreis von einer Viertelmeile, wobei er seinen Hund fortwährend die Erde beriechen ließ. Noch war der Kreis nicht vollendet, als das gescheite Thier bereits anfing zu bellen. Den Eltern wurde es etwas leichter um's Herz. Der Hund verfolgte seine Fährte und bellte zum zweiten Mal; wir liefen ihm so schnell wir konnten nach, verloren ihn aber im dichten Walde bald aus den Augen. Nach einer halben Viertelstunde kam er zurückgerannt und sein ganzes Benehmen verkündigte große Freude. Ich war überzeugt, daß er das Kind gefunden habe, aber, ob todt oder lebendig, war eine Frage, die uns Alle mit Angst erfüllte.

Der Wilde folgte seinem Hund und fand den jungen Derick unter einem großen Baume in einem Zustand von Schwäche, dem nicht viel zum Tode fehlte: er nahm ihn zärtlich in seine Arme und eilte auf uns zu. Die entzückten Eltern sprangen dem Wilden von Weitem entgegen und empfingen ihren geliebten Derick mit einer freudigen Begeisterung, die ich nicht beschreiben kann. Thränen traten in Aller Augen, aller Schmerz war vergessen. Ich drückte dem Vater kräftig die Hand, ohne ein Wort vorbringen zu können. Nach der ersten Bewillkommnung ihres Kindes warfen sich die Eltern dem Wilden um den Hals, dessen Herz, obwohl von gröberem Metall, diesem Auftritte gleichfalls nicht widerstehen konnte. Dies war das erste Mal, daß ich einen Indianer weinen sah.

Die Erkenntlichkeit der Eltern erstreckte sich bis auf den Hund, dessen bewundernswürdiger Instinkt hier mehr geleistet hatte, als alle Anstrengungen unsers Verstandes.

Sobald Le Fèvre nach Hause kam, ordnete er ein Festmahl an, wozu er 83 Personen einlud. Es war eine sehr lustige Nacht. Mehrere der Gäste kamen erst gegen Tagesanbruch zu Pferde, um die allgemeine Heiterkeit zu theilen. Weiße und Schwarze brachten den Eltern um die Wette Glückwünsche dar. Es war eine wahre Aufgabe für Le Fèvre, so viele Gratulationen annehmen zu müssen. Kaum hatte er Zeit, sein Kind an's Herz zu drücken, das in dieser der letzten so unähnlichen Nacht auf dem Schoße seiner Mutter schlief.

Am andern Tage bot Le Fèvre dem Wilden eine Menge Geschenke an, von denen er glaubte, daß sie ihm von Nutzen seyn könnten; dieser aber, ganz verwirrt und an so viel Lärm nicht gewöhnt, hatte sich auf die Scheune zurückgezogen. Nur auf langes Bitten nahm er einen Lancaster'schen Karabiner an, im Werthe von hundert und sechzig Livres.

Dieser ehrliche Indianer hieß Tewenissa; sein Hund Oniah. Gegen zehn Uhr bat Le Fèvre die ganze Gesellschaft in seinen Hof zusammen, hieß den Indianer neben sich sitzen, nahm sein Kind in die Arme und drückte sich in der Sprache der Indianer also aus:

»Tewenissa, mit diesem Wampunzweig berühre ich dir die Ohren; Tewenissa, ich wende mich an dich, du hast die Wunde meines Herzens geheilt; ich weinte bitterlich, denn ich fürchtete mein Kind verloren zu haben, und du hast meine Thränen getrocknet. Ich war wie eine frosterstarrte Schlange, und du hast mich wieder erwärmt. Was kann ich für dich thun, Tewenissa? Es ist schon lange her, daß du mein Herz kennst und daß ich dich zu meinem Freunde gemacht habe. Heute erkenne und adoptire ich dich vor allen diesen Zeugen als Bruder. Höre, Tewenissa, wenn du jemals unfähig wirst zu jagen, so komm' hierher, um nach deiner Weise zu leben; ich werde dir hier eine Wigwham bauen. Ich biete dir keine Aecker an, denn von dir und deinen Vorfahren haben wir das Land, welches wir bebauen. Wenn du jemals verwundet wirst, so komm' unter mein Dach, ich werde deine Wunde aussaugen: wenn du jemals deines Dorfes und der Deinigen müde wirst, so komm' und lebe mit einem weißen Manne, der dich liebt. Wenn du Ursache hast zu weinen, ich werde deine Thränen trocknen, wie du die meinigen getrocknet hast; wenn Kitchy Manitu, der böse Geist, dich deiner Kinder beraubt, so komm' hierher, du wirst da ein Bärenfell finden; ich werde dich trösten, wenn ich kann. Als meinem

Adoptivbruder gebe ich dir diesen blauen und weißen Wampunzweig. Wenn dich die Deinigen bei deiner Rückkehr nach Anaquaga diesen Wampun auf der Brust tragen sehen werden, so wirst du ihnen sagen, was vorgegangen ist. Wenn dein Hund alt seyn wird, so daß er dir nicht mehr folgen kann, so werde ich ihm Fleisch und eine Ruhestätte geben. Tewenissa, ich bin zu Ende.«

Hierauf nahm er den Wilden bei der Hand, ließ ihn aus seiner Pfeife rauchen und fügte in holländischer Sprache hinzu: »Meine lieben Nachbarn und Freunde, dies hier ist mein Bruder; ich wünsche, daß künftig der Name Derick, unter welchem mein elftes Kind bekannt war, gänzlich vergessen werde, wie wenn es ihn nicht in der Taufe erhalten hätte; so lange es lebt, soll man es mit keinem andern Namen nennen, als dem seines Retters und Oheims Tewenissa.«

Die ganze Versammlung jauchzte Beifall. Der Wilde rauchte, die Augen zur Erde geheftet, ungefähr eine Viertelstunde lang, ohne ein Wort zu sagen; hierauf sprach er also:

»Derick, ich gebe dir einen Wampunzweig, auf daß du mich besser hörest; mit diesem selben Zweige werde ich den Pfad reinigen, der von unserm Dorfe zu deiner Wigwham führt. Höre, was du mir gesagt hast, ist in meinem Geist eingegraben. Du bist mein Bruder, obschon wir nicht aus demselben Blute stammen; meine Wigwham ist die deinige geworden, bis wir nach dem Morgenlande gehen, zum Ort der Ruhe; gib mir nun auch deine Hand und rauche aus meiner Pfeife. Mein Bruder, ich habe nichts für dich gethan, was du nicht für mich gethan hättest. Der gute Geist hat gewollt, daß ich gestern vor deiner Wigwham vorbeikam. Da du glücklich bist, so bin ich glücklich; da deine Seele sich erfreut, so erfreut sich die meinige gleichfalls. Wenn du nach Anaquaga kommst, so wirst du dich nicht mehr am Feuer Matarens, Togararoka's, Wapwalipens und deiner andern Freunde wärmen; mein Herd ist von heute an der deinige; ich werde dir dort ein Bärenfell geben, um auszuruhen. Ich habe geendigt: hier ist ein zweiter Wampunzweig, auf daß du dich meiner Worte erinnerst.«

So endigte die Ceremonie. Das Kind wurde Mann und legte niemals seinen Namen ab, welcher das Pfand seiner Erkenntlichkeit und der Erkenntlichkeit seines Vaters geworden war. Ich habe mehrere Briefe gesehen mit der Unterschrift: Tewenissa Le Fèvre. Sein Retter und Adovtiv-Oheim starb einige Jahre darauf; der junge Mensch ging mit Einwilligung seines Vaters nach Anaquaga, wo er vor allen Indianern und dem Missionär, einem mährischen Geistlichen, dasjenige von den Kindern des alten Tewenissa, das denselben Namen führte, als Bruder adoptirte. Dieser Wilde kam seitdem nie über die blauen Berge, ohne bei dem jungen Le Fèvre einzusprechen, den ich oft sagen gehört habe, er werde so lange er lebe nie vergessen, daß er dem Vater seines Adoptivbruders sein Leben verdanke., ließ Fidel daran riechen, und sogleich, wie wenn das arme Thier mich verstanden hätte, machte er sich auf die Fährte nach Ihnen. Immer mit dem Schwanze wedelnd, führte er mich bis an den *schwarzen Fluß*. Dort erfuhr ich von einem Pflanzer, daß Sie ihm eine entlaufene Negerin zurückgebracht, und daß er derselben Ihnen zu Lieb Gnade angedeihen lassen; aber welche Gnade! er hat sie mir gezeigt, mit einer Kette um den Fuß an einen Holzklotz angebunden und ein eisernes Halsband mit drei Haken um den Hals. Von dort führte mich Fidel auf den Hügel des *schwarzen Flusses*, wo er wieder bellend stille stand. Dieß war an dem Rand einer Quelle, bei einem gefällten Palmbaum und neben einer Feuerstelle, welche noch rauchte. Endlich hat er mich hieher gebracht: wir sind unten an dem Berg der *drei Zitzen* und haben noch vier gute Meilen bis nach Hause: kommen Sie, essen Sie und stärken Sie sich.« Damit reichte er ihnen einen Kuchen, Früchte und eine große Kürbisflasche mit einem aus Wasser, Wein, Citronensaft, Zucker und Muscatnuß zusammengesetzten Getränke, das ihre Mütter zu ihrer Stärkung und Erquickung bereitet hatten. *Virginie* seufzte bei der Erinnerung an die arme Sklavin und die Besorgnisse ihrer Mütter. Sie wiederholte mehrmals. »O, wie schwer ist es, Gutes zu thun!« Während *Paul* und sie sich erquickten, machte *Domingo* Feuer an; und, nachdem er ein hiezu taugliches Stück Holz gesucht hatte, machte er eine Fackel daraus, die er anzündete; denn es war bereits Nacht. Aber, als man sich auf den Weg machen sollte, fand sich für ihn eine bei Weitem größere Schwierigkeit. *Paul* und *Virginie* konnten nicht mehr gehen; ihre Füße waren angelaufen und ganz roth. *Domingo* wußte nicht, ob er nach Hülfe gehen oder hier die Nacht mit ihnen zubringen sollte. »Wo ist die

Zeit,« sagte er zu ihnen, »als ich Sie Beide zugleich auf meinen Armen trug? aber jetzt sind Sie groß, und ich bin alt.« Während er sich in dieser ängstlichen Verwirrung befand, kam in einer Entfernung von zwanzig Schritten eine Truppe flüchtiger Neger zum Vorschein. Der Anführer dieser Truppe näherte sich *Paul* und *Virginien* und sagte zu ihnen: »Gute kleine Weiße, habt keine Angst; wir haben euch diesen Morgen mit einer Negerin vom *schwarzen Flusse* vorbeigehen sehen; ihr wolltet ihren bösen Herrn um Verzeihung für sie bitten. Zum Lohn dafür wollen wir euch auf unsern Schultern nach Hause tragen.« Darauf gab er ein Zeichen und vier der stärksten flüchtigen Schwarzen machten sogleich eine Tragbahre aus Baumästen und Schlingkraut, setzten *Paul* und *Virginien* darauf, nahmen sie auf ihre Schultern und begaben sich, *Domingo* mit seiner Fackel voraus, auf den Weg unter dem Freudengeschrei der ganzen Truppe, welche sie mit Segnungen überschüttete. *Virginie* sagte gerührt zu *Paul.* »O mein Freund, nie läßt doch Gott eine gute That unbelohnt!«

In dieser Begleitung kamen sie gegen Mitternacht an den Fuß ihres Berges, dessen Spitzen von mehreren Feuern erleuchtet waren. Kaum stiegen sie denselben hinan, als sie Stimmen vernahmen, welche riefen: »Seyd ihr's, meine Kinder?« Sie antworteten zugleich mit den Schwarzen: »Ja, wir sind's!« Und bald gewahrten sie ihre Mütter und *Marien*, welche ihnen mit flammenden Feuerbränden entgegen kamen.

»Unglückliche Kinder!« sagte Frau von *Latour*, »wo kommt ihr her? In welche Angst habt ihr uns versetzt!« »Wir kommen,« erwiderte *Virginie*, »von dem *schwarzen Flusse*, wo wir für eine arme entlaufene Sklavin um Verzeihung baten, der ich heute Morgen das für unser Haus bestimmte Frühstück gegeben hatte, weil sie vor Hunger halb todt war; und nun haben uns die flüchtigen Neger da zurück gebracht.« Frau von *Latour* umarmte sprachlos ihre Tochter; und *Virginie*, welche die mütterlichen Thränen auf ihren Wangen fühlte, sagte zu ihr. »Sie entschädigen mich für alles Uebel, das ich ausgestanden habe!« *Margarethe* schloß in freudiger Entzückung *Paul* in ihre Arme und sagte zu ihm. »Und du auch, mein Sohn, du hast eine gute That gethan!« Als sie mit ihren Kindern in ihren Hütten angekommen waren, gaben sie den flüchtigen Negern reichlich zu essen, welche sodann unter Segenswünschen aller Art Abschied nahmen, um in ihre Wälder zurück zu kehren.

Ein Tag wie der andere war für diese Familien ein Tag des Glücks und des Friedens. Weder Neid noch Ehrgeiz quälte sie. Sie verlangten nicht nach einer äußerlichen leeren Anerkennung, welche Ränkesucht gibt und Verleumdung nimmt; es genügte ihnen, ihre eigenen Zeugen und Richter in dieser Hinsicht zu seyn. Auf dieser Insel, wo, wie in allen europäischen Colonien, man nur nach boshaften Anekdoten begierig ist, waren ihre Tugenden und selbst ihre Namen unbekannt. Nur, wenn etwa ein Vorüberziehender auf dem Wege nach den Pompelmusen die Bewohner der Ebene fragte. »Wer wohnt dort oben in den kleinen Hütten?« antworteten diese, ohne sie weiter zu kennen. »Es sind gute Leute!« So hauchen Veilchen unter dornigen Gebüschen fernhin ihre süßen Düfte aus, ob man sie gleich nicht sieht.

Sie hatten aus ihren Gesprächen die üble Nachrede verbannt, welche unter einem Schein von Gerechtigkeit das Herz zu Haß oder Falschheit geneigt macht; denn es ist unmöglich, die Menschen nicht zu hassen, wenn man sie für schlecht hält, und mit den Schlechten zu leben, wenn man ihnen nicht seinen Haß unter falschen Vorspiegelungen von Wohlwollen verbirgt. So nöthigt uns die Schmähsucht zu einem Mißverhältniß entweder Andern oder uns selbst gegenüber. Allein, ohne über die Menschen im Besondern zu urtheilen, unterhielten sie sich nur über die Mittel, Allen im Ganzen wohlzuthun; und, wenn nicht die Macht, so hatten sie doch fortwährend den guten Willen hiezu, der sie mit einem Wohlwollen erfüllte, das jederzeit bereit war, sich nach außen zu erstrecken. So waren sie durch ihr Leben in der Einsamkeit, weit entfernt, Wilde zu seyn, menschlicher geworden. Wenn die ärgerliche Geschichte der Gesellschaft ihnen keinen Stoff für ihre Unterhaltungen darbot, so erfüllte sie die der Natur mit Lust und Freude. Sie bewunderten mit Entzücken die Macht einer Vorsehung, welche mitten in diesen dürren Felsen Ueberfluß, Annehmlichkeit, reine, einfache und stets wiederkehrende Genüsse mit ihren Händen ausgestreut hatte.

Paul, mit zwölf Jahren kräftiger und verständiger, als die Europäer mit fünfzehn, hatte das verschönert, was der schwarze*Domingo* nur baute. Er ging mit demselben in die umliegenden Wälder, um junge Schößlinge von Citronen, Pomeranzen, Tamarinden, deren runde Krone von einem so schönen Grün ist, und von Anonen, deren Frucht von einem zuckersüßen Saft mit dem Wohlgeruche der Orangeblüthe voll ist, sammt der Wurzel auszuziehen; er setzte diese Bäume, schon groß gewachsen, rings um die Pflanzung her. Ebendaselbst hatte er Kerne von Bäumen gesteckt, welche vom zweiten Jahr an Blüthen oder Früchte treiben: z. B. den Agathis, an welchem rings herum wie die Krystalle eines Kronleuchters lange weiße Blüthentrauben herabhängen; die persische Syringe, welche ihre röthlichgrauen Blumenbüschel gerade in die Luft erhebt; den Melonenbaum, dessen astloser Stamm, gleichsam den Schaft einer von oben bis unten mit grünen Melonen besetzten Säule bildend, einen Aufsatz von breiten, denen des Feigenbaums ähnlichen Blättern trägt.

Thätig, wie *Paul* war, hatte er ferner Kerne und Steine von Badamien, Manga's, Aguacaten, Gojaven, Jaca's und Jambosen gesteckt. Die meisten dieser Bäume gaben ihrem jungen Herrn bereits Schatten und Früchte. Seine arbeitsame Hand hatte die Fruchtbarkeit sogar auf die unfruchtbarsten Oerter dieses Bezirks ausgedehnt. Verschiedene Aloearten, der indianische Feigenbaum mit seinen gelb und roth gestreiften Blüthen, die stachelige Fackeldistel erhoben sich auf den schwarzen Häuptern der Felsen und schienen die langen Schlingpflanzen voll blauer oder scharlachrother Blumen erreichen zu wollen, welche da und dort über die Böschungen des Berges herabhingen.

In der Vertheilung dieser Gewächse war er so planmäßig zu Werk gegangen, daß man sie mit einem einzigen Blick übersehen konnte. Mitten im Thalgrunde hatte er die Kräuter gepflanzt, welche sich nur wenig vom Boden erheben, weiter hin die Gesträuche, dann die mittelmäßigen Bäume und endlich die großen Bäume, welche den Umkreis derselben begränzten; so daß dieser weite Bezirk von seinem Mittelpunkt aus wie ein Amphitheater von Grün, Früchten und Blumen anzusehen war, welches Küchengewächse, Wiesenplätze und Reiß- und Kornfelder einschloß. Aber, während er diese Gewächse seinem Plan unterwarf, hatte er sich von dem der Natur nicht entfernt: ihrer Anleitung infolge hatte er an die erhabenen Oerter diejenigen versetzt, deren Samen geflügelt, und an den Rand der Gewässer solche, deren Körner zu schwimmen bestimmt sind. So wuchs jede Pflanze an ihrem geeigneten Standort, und jeder Standort erhielt durch das für ihn passende Gewächs seine natürliche Zierde. Die Wasser, welche von dem Gipfel dieser Felsen herabkommen, bildeten im Grund des Thales hier Quellen, dort breite Spiegel, welche mitten unter dem Grün die blühenden Bäume, die Felsen und den Azur des Himmels im Bilde zurückwarfen.

Nicht leicht zu überwinden waren die Hindernisse, welche die Unregelmäßigkeit des Bodens verursachte; und dennoch waren die Pflanzungen größtenteils eben so zugänglich als leicht übersehbar. Freilich standen wir ihm sämmtlich mit Rath und That bei, um damit zu Stande zu kommen. Er hatte einen Fußpfad angelegt, welcher ganz um das Becken herumlief, und von welchem mehrere Verzweigungen aus dem Umkreis in den Mittelpunkt führten. Die rauhesten Stellen hatte er benützt und durch die glücklichste Harmonie die Bequemlichkeit des Gehens mit der Unebenheit des Bodens und die fruchttragenden Bäume mit den wilden vereinigt. Aus der ungeheuren Menge von Rollsteinen, welche jetzt diese Wege, so wie den größten Theil des Bodens dieser Insel ungangbar machen, hatte er da und dort Pyramiden aufgeschichtet, in deren Zwischenlagen er Erde und Wurzeln von Rosen, Pfauenschwänzen und andern Sträuchern brachte, die einen felsigen Grund lieben. In kurzer Zeit waren diese düstern und rohen Pyramiden mit Grün oder mit den schönsten Blumen überdeckt. Die Schluchten, über deren Rand alte Bäume hereinhingen, bildeten unterirdische Gewölbe, wohin die Hitze nicht dringen konnte, und wo man am hohen Tage Kühle fand. Ein Fußpfad führte in ein Gesträuch von wilden Bäumen, in dessen Mittelpunkt, vor den Winden geschützt, ein zahmer Baum voll Früchten wuchs. Hier war ein Saatfeld, dort eine Obstpflanzung. Durch diese Lücke hatte man die Häuser im Auge, durch jene andere die unzugänglichen Spitzen des Berges. Unter einem dichten Gesträuch von Tatamaken, welche mit Schlingpflanzen verwachsen waren, konnte man am hellen Mittag keinen Gegenstand unterscheiden; auf der Spitze jenes großen Felsen dort in der Nähe, welcher aus dem Berg vorspringt, hatte man eine Aussicht über Alles rings umher und auf das Meer in der Ferne, woselbst manchmal ein Schiff erschien, das von Europa kam oder dorthin zurückkehrte. Auf diesem Felsen versammelten sich die Familien des Abends und genossen stillschweigend der erfrischenden Kühle, des Wohlgeruchs der Blumen, des Gemurmels der Quellen und der letzten verschwimmenden Töne des Lichts und der Schatten.

Nichts war anmuthiger, als die Namen, welche die meisten reizenden Ruheplätze dieses Labyrinths erhalten hatten. Der Fels, von dem ich Ihnen eben gesagt habe, und von welchem man mich aus weiter Ferne her kommen sah, hieß die *Warte der Freundschaft*. *Paul* und *Virginie* hatten daselbst in ihren Spielen einen Bambus gepflanzt, von dessen Wipfel sie ein kleines weißes Tuch wehen ließen, um, sobald sie mich bemerkten, ein Zeichen von meiner Ankunft zu geben, so wie man beim Anblick eines Schiffes in der See eine Flagge auf dem nächsten Berge aussteckt. Es fiel mir ein, auf den Stamm dieses Rohrholzes eine Inschrift zu setzen. So großes Vergnügen es mir auch gewährt hat, auf meinen Reisen eine Bildsäule oder ein Denkmal des Alterthums zu sehen, so finde ich doch noch ein größeres daran, eine passende Inschrift zu lesen; es scheint mir dann eine menschliche Stimme aus dem Stein zu ertönen, durch Jahrhunderte hin sich hören zu lassen und dem Menschen mitten in den Einöden zuzuflüstern, daß er nicht allein ist, und daß andere Menschen an eben diesen Oertern wie er gefühlt, gedacht und gelitten haben; und, wenn diese Inschrift von einem alten untergegangenen Volksstamme herrührt, so versetzt sie unsere Seele gleichsam in die Gefilde des Unendlichen und erweckt in ihr das Gefühl unserer Unsterblichkeit, indem sie uns zeigt, daß ein Gedanke sogar den Untergang eines Reiches überdauert hat.

Ich schrieb daher auf den kleinen Flaggenmast Pauls und *Virginiens* die Verse von Horaz:

> ...Fratres Helenae lucida sidera
>
> Ventorumque regat pater,
>
> Obstrictis aliis, praeter japyga.
>
> Das helle Gestirn, Helena's Brüderpaar,
>
> Und der Vater der Winde sey
>
> Euer Schutz und Geleit, fächle Zephyr nur.

Tiefsinnig hatte ich *Paul* zuweilen in dem Schatten einer Tatamake sitzen gesehen, um in der Ferne die bewegte See zu betrachten. In die Rinde dieses Baumes grub ich den bekannten Vers von Virgil:

> Fortunatus et ille deos qui novit acrestes
>
> Glücklich ist wohl auch, mein Sohn, wer sie kennet, die Götter des Feldes.

An der Hütte der Frau von *Latour* endlich, die ihr Versammlungsplatz war, setzte ich über die Thüre folgenden andern:

> At secura quies et nescia fallere vita
>
> Sorglos lebt es sich hier und ruhig im Schoße der Unschuld.

Bei *Virginien* aber fand mein Latein keinen Beifall; sie behauptete, was ich unter ihre Windfahne gesetzt habe, sey zu lang und zu gelehrt. »Mir hätte besser gefallen,« setzte sie hinzu: »*Stets bewegt und doch beständig.*« – »Dieser Wahlspruch,« antwortete ich ihr, »würde noch besser auf die Tugend passen.« Mein Gedanke machte sie erröthen.

Tief und zart war das Gefühl, mit welchem die glücklichen Familien Alles umfaßten, was sie umgab. Sie hatten den anscheinend gleichgültigsten Gegenständen die zärtlichsten Namen gegeben. Ein Kreis von Pomeranzenbäumen, Pisangs und Jambosen um einen Grasplatz her, in dessen Mitte *Virginie* und *Paul* manchmal tanzten, wurde *die Eintracht* genannt. Ein alter Baum, in dessen Schatten Frau von *Latour* und *Margarethe* sich ihr Unglück erzählt hatten, hieß *die getrockneten Thränen*. Kleinen Feldplätzen, wo sie Getraide, Erdbeeren und Erbsen gepflanzt hatten, gaben sie den Namen *Bretagne* und *Normandie*. Von dem Wunsche bewegt, nach dem Beispiel ihrer Gebieterinnen eine Erinnerung an ihre Heimath in Afrika zu haben, nannten *Domingo* und *Marie* zwei Stellen, wo das Gras wuchs, aus welchem sie Körbe flochten, und wo sie einen Kürbisflaschenbaum gepflanzt hatten, *Angola* und *Foullepointe*. Vermittelst dieser Erzeugnisse aus ihrem vaterländischen Himmelsstrich hielten die verbannten Familien die süße Täuschung über ihre Heimath fest und beschwichtigten so die Sehnsucht nach derselben in einem fremden Lande. Ach! durch tausend reizende Benennungen habe ich die Bäume, die Quellen, die Felsen dieser Gegend beseelt gesehen, welche jetzt so zerstört ist und, gleich einem Gefilde Griechenlands, nichts mehr als Trümmer und ergreifende Namen darbietet.

Bezaubernder war jedoch im ganzen Umkreise nichts, als der Ort, welcher *Virginiensruhe* hieß. Unten an dem Fuße des Felsen *der Warte der Freundschaft* ist eine Vertiefung, aus welcher eine Quelle hervorsprudelt, die von ihrem Ursprung an mitten in einer Wiese von zartem Gras einen kleinen Teich bildet. Als *Margarethe* von *Paul* entbunden worden war, schenkte ich ihr eine indianische Cocosnuß, die ich irgend woher erhalten hatte. Diese Frucht pflanzte sie an den Rand jenes Weihers, damit der Baum, welcher daraus hervorwachsen würde, einst zum Zeichen für den Zeitpunkt der Geburt ihres Sohnes dienen möchte. Frau von *Latour* pflanzte ihrem Beispiel zufolge ebendaselbst einen andern in der gleichen Absicht, als *Virginie* zur Welt gekommen war. Aus diesen beiden Früchten wurden zwei Cocosbäume, welche das ganze Archiv der beiden Familien bildeten: der eine hieß *Paulsbaum*, der andere *Virginiensbaum*. Sie wuchsen beide, in demselben Verhältnis wie ihre jungen Gebieter, in etwas ungleicher Höhe, die jedoch nach Verfluß von zwölf Jahren ihre Hütten bereits überragte. Schon schlangen sie ihre Zweige in einander und ließen ihre jungen Cocostrauben über das Becken der Quelle hereinhängen. Diese Anpflanzung ausgenommen, hatte man die Vertiefung in dem Felsen so gelassen, wie sie von Natur war. An ihren braunen und feuchten Seiten schlängelten sich in grünen und schwarzen Sternen breite Haargewächse hin und wiegten sich im Hauche des Windes Büschel von Farrenkräutern, welche wie lange Bänder von einem in's Purpurfarbige fallenden Grün in der Luft schwebten. Nahe dabei wuchsen Raine von Sinnkraut, dessen Blätter beinahe denen des Goldlack ähnlich sind, und von spanischem Pfeffer, dessen blutrothe Samenkapseln eine lebhaftere Farbe haben, als die Koralle. Darumher hauchten das Balsamkraut, dessen Blätter im Herz der Pflanze sitzen, und das Basilicum mit seinem Gewürznelkenduft die süßesten Wohlgerüche aus. Von der Böschung des Berges herab hingen Lianen wie wallende Gewänder und bildeten an den Seiten der Felsen große Rasenvorhänge. Angelockt von diesen friedlichen Schlupfwinkeln kamen die Seevögel hieher, um ihr Nachtlager zu suchen. Mit Sonnenuntergang sah man die Ufer des Meeres entlang den Seeraben und die Meerlerche hieher fliegen; und hoch in der Luft die schwarze Fregatte mit dem weißen Tropikvogel, welche zugleich mit dem Gestirn des Tages die Einöden des indischen Oceans verließen. *Virginie* ruhte sich gerne aus an den Ufern dieser Quelle, welche mit einer eben so großartigen als wilden Pracht aufgeschmückt war. Oft kam sie hieher, um im Schatten der beiden Cocosbäume das Linnenzeug der Familie zu waschen. Bisweilen führte sie ihre Ziegen dahin zur Weide. Während sie aus der Milch derselben Käse bereitete, machte es ihr Vergnügen, zu sehen, wie sie die Haargewächse an den steilen Felsenseiten abfraßen und sich auf einem der Vorsprünge derselben wie auf einem Fußgestell in der Luft erhielten. Als *Paul* bemerkte, daß dieser Ort *Virginien* besonders lieb war, trug er aus dem benachbarten Walde Vogelnester aller Art dahin. Die Alten flogen ihren Jungen nach und ließen sich bald in der neuen Colonie nieder. *Virginie* streute ihnen von Zeit zu Zeit Reiß, Wälschkorn und Hirsekörner hin. Sobald sie sich zeigte, verließen die Singdrosseln, die Bengali's mit ihrem angenehmen Schlag, die Cardinäle mit ihrem feuerfarbenen Gefieder ihre Gebüsche; kleine Papagaien, grün wie Smaragde, flogen von den nahen Latanbäumen herab; Rebhühner liefen unter dem Gras herzu: Alles kam bunt durch einander bis vor ihre Füße, als ob es Hühner wären. *Paul* und sie hatten eine innige Freude an ihren Spielen, ihrem Appetit und ihrem Geschnäbel.

Also, liebenswürdige Kinder, brachtet ihr eure ersten Tage in Unschuld unter Uebungen des Wohlthuns hin! Wie oft schlossen euch an dieser Stelle eure Mütter in die Arme und priesen den Himmel für den Trost, den ihr ihrem Alter bereitetet, und für die glücklichen Aussichten,

unter denen ihr in das Leben eintratet! Wie oft habe ich im Schatten dieser Felsen in ihrer
Gesellschaft eure ländlichen Mahle getheilt, die keinem lebenden Geschöpfe das Daseyn geko-
stet hatten! Kürbisflaschen mit Milch, frische Eier, Reißkuchen auf Pisangblättern, Körbe voll
Pataten, Manga's, Pomeranzen, Granatäpfeln, Paradiesfeigen, Anonen, Ananas boten zugleich
die gesundesten Speisen, die heitersten Farben und die süßesten Säfte dar.

Liebreich und unschuldig, wie diese Festmahle, war ihre Unterhaltung. *Paul* sprach dabei
oft von den Arbeiten des gegenwärtigen und von denen des folgenden Tages. Immer dachte er
auf etwas Nützliches für die Gesellschaft. Hier waren die Fußwege nicht bequem; dort saß man
schlecht; diese jungen Lauben gaben nicht Schatten genug; *Virginie* sollte es dort besser haben.

Die Regenzeit brachten sie den Tag über alle beisammen in der Hütte zu, Herrschaft und
Diener beschäftigt, Grasmatten und Bambuskörbe zu verfertigen. An den Wänden der Mauer
sah man in der größten Ordnung Rechen, Hauen, Schaufeln aufgehängt; und bei diesen Acker-
geräthschaften lagen die vermittelst derselben erzielten Bodenerzeugnisse, Säcke mit Reiß, Gar-
ben von Korn und Pisangzweige mit Blüthe und Frucht. Die Köstlichkeit vereinigte sich hier
stets mit dem Ueberfluß. Unter der Anleitung *Margarethens* und ihrer Mutter bereitete *Virginie*
Kühltränke und Herzstärkungsmittel aus dem Saft von Zuckerrohr, Citronen und Citronaten.

Lud das Dunkel des Abends zur Erholung und Ruhe von der Arbeit des Tages ein, so aßen
sie beim Schein einer Lampe zu Nacht; hierauf erzählte Frau von *Latour* oder *Margarethe* einige
Geschichten von Reisenden, welche sich in der Finsterniß in den durch Räuber gefährlichen
Wäldern Europas verirrt hatten, oder das Scheitern eines Schiffes, das vom Sturm auf die Felsen
einer unbewohnten Insel geworfen worden war. Bei diesen Erzählungen wurden die weichen Ge-
müther ihrer Kinder warm. Sie baten den Himmel um die Gnade, auch einmal Gastfreundschaft
gegen solche Unglückliche ausüben zu können. Darüber trennten sich die beiden Familien, um
zur Ruhe zu gehen, ungeduldig das Wiedersehen am folgenden Morgen erwartend. Bisweilen
schliefen sie unter dem Geprassel des Regens ein, der in Strömen auf das Dach ihrer Hütten
herabfiel, oder unter dem Geräusch der Winde, die ihnen das ferne Brausen der am Meeresufer
sich brechenden Brandung zutrugen. Sie priesen Gott für ihre persönliche Sicherheit, deren
Gefühl bei dem der entfernten Gefahr sich verdoppelte.

Dazwischen hinein las Frau von *Latour* laut eine rührende Geschichte aus dem alten oder
neuen Testamente vor. Sie sprachen wenig über diese heiligen Bücher; denn ihre Schriftge-
lehrtheit bestand ganz in Gefühl, wie die der Natur, und ihre Sittenlehre ganz in Handlung,
wie die des Evangeliums. Sie hatten keine Tage, welche dem Vergnügen, und keine, welche
der Traurigkeit gewidmet waren. Für sie war jeder Tag ein Festtag, und Alles, was sie umgab,
ein göttlicher Tempel, in welchem sie ohne Unterlaß eine unendliche, allmächtige und dem
Menschen befreundete Vorsehung bewunderten: dieses Gefühl von Vertrauen zu dem höchsten
Wesen erfüllte sie mit Trost über die Vergangenheit, mit Muth für die Gegenwart und mit
Hoffnung auf die Zukunft. So hatten diese Frauen, welche durch das Unglück genöthigt worden waren, zur Natur zurückzukehren, in sich selbst und in ihren Kindern jene Empfindungen
entwickelt, die ein Geschenk der Natur sind, um uns nicht in's Unglück fallen zu lassen.

KAPITEL 3

Manchmal steigen jedoch auch in einem Gemüthe von der besten Verfassung Wolken auf, die es trüben, und, wenn ein Mitglied ihrer Gesellschaft traurig schien, so vereinigten alle andere ihre Bemühungen um dasselbe und rissen es aus seiner schmerzlichen Stimmung mehr durch Empfindungen, als durch Vorstellungen. Jedes machte dabei seinen eigentümlichen Charakter geltend: *Margarethe* lebendige Heiterkeit, Frau von *Latour* sanfte Religiosität, *Virginie* zärtliche Liebkosungen, *Paul* Freimuth und Herzlichkeit; sogar *Marie* und *Domingo* kamen ihnen zu Hülfe. Sie waren betrübt, wenn sie eines betrübt sahen; und sie weinten, wenn sie es weinen sahen. So schlingen sich schwache Pflanzen in einander, um den Stürmen zu widerstehen.

Die schöne Jahrszeit führte sie alle Sonntage zur Messe in die Kirche der Pompelmusen, deren Thurm Sie dort unten in der Ebene sehen. Hieher kamen reiche Pflanzer im Palankin, welche sich mehrmals Mühe gaben, die Bekanntschaft dieser so einigen Familien zu machen und sie zu Lustpartien einzuladen. Allein sie wiesen ihre Anerbietungen immer höflich und achtungsvoll zurück, in der Ueberzeugung, daß vermögende Leute untergeordnete nur aufsuchen, um an ihnen Gefällige um sich zu haben, und daß man nicht gefällig seyn könne, ohne den Neigungen Anderer, seyen sie gut oder schlimm, zu schmeicheln. Auf der andern Seite vermieden sie eben so sorgfältig den vertrauten Umgang der kleineren Pflanzer, welche in der Regel eifersüchtig, verläumderisch und grob sind. Sie galten deßhalb im Anfang bei den Einen für blöde und bei den Andern für stolz; allein ihr zurückhaltendes Benehmen war von so verbindlichen Zeichen feinerer Bildung, hauptsächlich gegen Nothleidende, begleitet, daß sie unvermerkt die Achtung der Reichen und das Vertrauen der Armen erwarben.

An diesen Sonntagen nach der Messe kam man oft zu ihnen, sie um einen Liebesdienst anzusprechen. Es war entweder eine bedrängte Person, die sie um Rath fragte, oder ein Kind, welches sie bat, zu seiner kranken Mutter in eine der benachbarten Wohnungen zu kommen. Sie hatten immer einige für die gewöhnlichen Krankheiten der Bewohner dieser Gegend hülfreiche Mittel bei sich und verbanden damit die gute Art, welche kleinen Dienstleistungen einen so hohen Werth gibt. Vornehmlich gelang es ihnen, die geistigen Leiden zu verbannen, welche in der Einsamkeit und bei gebrechlichem Körper so schwer zu ertragen sind. Frau von *Latour* sprach mit so viel Vertrauen zur Gottheit, daß der Kranke beim Hören sie gegenwärtig glaubte. *Virginie* kam sehr oft mit von Thränen feuchten Augen, aber das Herz voll Freude, von solchen Gängen zurück; denn sie hatte Gelegenheit gehabt, Gutes zu thun. Sie war es, welche zum Voraus die erforderlichen Mittel für die Kranken bereitete und ihnen dieselben mit unaussprechlicher Anmuth darreichte.

Nach diesen menschenfreundlichen Besuchen setzten sie manchmal ihren Spaziergang durch das Thal des *langen Berges* bis zu meiner Wohnung fort, wo ich sie an den Ufern des kleinen Flusses in meiner Nachbarschaft zum Mittagessen erwartete. Ich versah mich für solche Gelegenheiten mit einigen Flaschen alten Weins, um die Heiterkeit unserer indianischen Mahlzeiten durch diese angenehmen und herzstärkenden Erzeugnisse Europas zu erhöhen. Andere Male kamen wir an den Ufern des Meeres zusammen bei der Mündung einiger andern kleinen Flüsse, welche hier nur große Bäche sind. Wir brachten dahin von Haus Lebensmittel aus dem Pflanzenreich und vereinigten dieselben mit denjenigen, welche uns das Meer im Ueberfluß darbot. Wir fingen an seinen Ufern Cabots, Polypen, Rothbärte, Seeheuschrecken, Seekrebse, Krabben, Seeigel, Austern und Schaalthiere aller Art. Die schauerlichsten Plätze verschafften uns oft das ungestörteste Vergnügen. Bisweilen saßen wir auf einem Felsen im Schatten eines Sammtbaumes und sahen zu, wie die Wogen der See heranfluteten und sich zu unsern Füßen mit schrecklichem Getöse brachen. *Paul*, der übrigens schwamm wie ein Fisch, ging manchmal bis auf die Steinriffe hinaus der Brandung entgegen; dann bei ihrer Annäherung floh er dem Ufer zu vor ihren großen schäumenden und brüllenden Wogen, die ihn bis weit auf den Strand herein verfolgten. Aber *Virginie* stieß bei diesem Anblick durchdringende Schreie aus und sagte, diese Spiele da machen ihr sehr bange.

Nach Beendigung unserer Mahlzeiten vergnügten sich die beiden jungen Leute mit Gesängen und Tänzen. *Virginie* besang das Landleben und die Unglücksfälle der Seeleute, welche die Habsucht auf ein wüthendes Element hinaustreibt, statt daß sie die Erde bebauten, welche so viele Güter in Frieden und Ruhe darbietet. Bisweilen führte sie mit *Paul* nach Art der Schwarzen eine pantomimische Darstellung aus. Die Pantomime ist die erste Sprache des Menschen; sie ist allen Nationen bekannt. Sie ist so natürlich und ausdrucksvoll, daß die Kinder der Weißen sie bald lernen, wenn sie diejenigen der Schwarzen sich darin haben üben sehen. *Virginie* holte aus dem Schatz ihres Gedächtnisses diejenigen Geschichten hervor, welche sie bei den Vorlesungen ihrer Mutter am meisten ergriffen hatten, und stellte die Hauptbegebenheiten daraus mit großer Natürlichkeit dar. Bald erschien sie bei dem Schalle von *Domingo's* Tamtam auf dem Grasplatze mit einem Krug auf dem Kopf; schüchtern trat sie an den Sprudel einer nahen Quelle, um daselbst Wasser zu schöpfen. *Domingo* und *Marie*, welche die midianitischen Hirten vorstellten, verboten ihr, sich zu nähern, und thaten, als ob sie sie zurückstießen. *Paul* kam ihr zu Hülfe, schlug die Hirten, füllte *Virginiens* Krug, und, indem er ihr denselben auf den Kopf nehmen half, setzte er ihr zugleich einen Kranz von rothen Blumen des Immergrüns auf, der die Weiße ihrer Hautfarbe noch erhob. Sodann gab auch ich mich zu ihren Spielen her und übernahm die Rolle Reguels, als welcher ich *Paul* meine Tochter Zipora zur Ehe gab.

Unter Anderm stellte sie auch die unglückliche Ruth vor, welche als Wittwe und arm in ihre Heimath zurückkehrt, wo sie sich nach einer langen Abwesenheit fremd findet. *Domingo* und *Marie* machten die Schnitter. *Virginie* that, als ob sie da und dort hinter ihnen drein Kornähren ausläse. *Paul*, mit dem gravitätischen Ernst eines Patriarchen, fragte sie aus; sie antwortete zitternd auf seine Fragen. Bald, von Mitleid bewegt, gewährte er der Unschuld gastfreundliche Aufnahme und dem Unglück einen Zufluchtsort; er füllte *Virginien* die Schürze mit Lebensmitteln aller Art und führte sie vor uns als die Aeltesten der Stadt, mit der Erklärung, daß er sie trotz ihrer Dürftigkeit zum Weibe nehmen wolle. Indem bei diesem Auftritte der Frau von *Latour* die hülflose Lage, in welcher sie ihre eigenen Verwandten gelassen, ihr Wittwenstand und ihre gute Aufnahme bei *Margarethen* schwer auf's Herz fiel, wozu jetzt die Hoffnung auf eine glückliche Verbindung zwischen ihren Kindern kam, konnte sie sich nicht enthalten zu weinen; und diese gemischte Erinnerung an Schlimmes und Gutes lockte uns sämmtlich Thränen des Schmerzes und der Freude in die Augen.

Diese Schauspiele wurden mit so viel Wahrheit gegeben, daß man sich in die Gefilde Syriens oder Palästinas versetzt glaubte. Es fehlte uns keineswegs an den für solche Vorstellungen geeigneten Decorationen, Illuminationen und Orchestern. Der Ort der Scene war gewöhnlich an dem Kreuzweg in einem Walde, dessen Durchhaue um uns her mehrere Laubgänge bildeten. Im Mittelpunkt derselben waren wir den ganzen Tag über vor der Hitze geschützt; aber, wenn die Sonne an den Rand des Horizonts hinabgestiegen war, liefen ihre an den Baumstämmen sich brechenden Strahlen durch die Schatten des Waldes in lange Lichtgarben aus, welche die erhabenste Wirkung hervorbrachten. Zuweilen erschien ihre volle Scheibe an dem Ausgang einer Lücke und erfüllte dieselbe durchaus mit funkelndem Glanz. Das von unten her durch ihre goldgelben Strahlen erhellte Laub der Bäume brannte im Feuer des Topas und des Smaragds. Die bemoosten braunen Stämme derselben schienen in Säulen von antikem Erze verwandelt; und die Vögel, welche sich in der Stille bereits unter das dunkle Gebüsch zurückgezogen hatten, um daselbst die Nacht zuzubringen, begrüßten, überrascht, eine zweite Morgenröthe zu sehen, alle auf einmal das Gestirn des Tages mit tausend und aber tausend Gesängen.

Nicht selten überraschte uns die Nacht bei diesen ländlichen Festen. Aber die Reinheit der Luft und die Milde des Himmelsstriches gestatteten uns, unter einem Laubdach, mitten in den Wäldern zu schlafen, ohne daß wir überdieß weder in der Nähe noch in der Ferne Diebe zu fürchten hatten. Am andern Morgen kehrte Jedes zu seiner Hütte zurück und fand sie in demselben Zustand, in welchem es dieselbe verlassen hatte. Es herrschte damals auf dieser Insel ohne Handelsverkehr so viel Ehrlichkeit und Einfachheit, daß die Thüren von vielen Häusern nicht verriegelt wurden, und ein Schloß für mehrere Creolen ein Gegenstand der Neugierde war.

Aber es gab ein paar Tage im Jahr, welche von *Paul* und *Virginien* mit der größten Freude begangen wurden: dieß waren die Geburtstage ihrer Mütter. *Virginie* ermangelte nicht, Tags zuvor Kuchen aus Weizenmehl zu kneten und zu backen, um sie armen Familien von Weißen zuzuschicken, welche, auf der Insel geboren, niemals europäisches Brod gegessen und, ohne allen Beistand von Seiten der Schwarzen, genöthigt, mitten in den Wäldern von Maniok zu leben, zur Erleichterung ihrer armseligen Lage weder den Stumpfsinn hatten, der die Sklaverei begleitet, noch den Muth besaßen, der eine Folge der Erziehung ist. Diese Kuchen waren die einzigen Geschenke, welche *Virginie* von dem Wohlstand der Pflanzung machen konnte; allein sie verband mit denselben eine gute Art, die ihnen einen großen Werth gab. Erstlich war es *Paul*, der den Auftrag erhielt, sie selbst jenen Familien zu bringen, und beim Empfang versprachen sie, am folgenden Morgen zu kommen und den Tag bei Frau von *Latour* und *Margarethen* zuzubringen. Da sah man eine Hausmutter mit zwei oder drei armseligen, bleichen, magern Töchtern anlangen, welche so blöde waren, daß sie die Augen nicht aufzuschlagen wagten.

Virginie machte es ihnen bald bequem; sie wartete ihnen mit Erfrischungen auf, deren Güte sie durch irgend einen besondern Umstand hervorhob, wodurch ihre Annehmlichkeit nach ihrer Meinung vermehrt wurde. Diesen Liqueur hatte *Margarethe* angesetzt, jenen andern ihre Mutter; diese Frucht hatte ihr Bruder selbst von dem Gipfel eines Baumes herabgeholt. Sie ermunterte *Paul*, die Mädchen zum Tanze aufzuziehen. Sie ließ nicht eher nach, bis sie sie zufrieden und vergnügt sah; ihr Wunsch war, sie sollten sich über die Freude ihrer Familie freuen. »Man bereitet sein Glück nur,« sagte sie, »wenn man sich mit dem Anderer beschäftigt.« Wenn sie sich dann auf den Heimweg begaben, forderte sie sie auf, mitzunehmen, was ihnen Vergnügen gemacht zu haben schien, indem sie ihnen ihre Geschenke unter dem Vorwande der Neuheit oder Außerordentlichkeit aufzunöthigen wußte. Gewahrte sie, daß ihre Kleidung in zu großem Verfall war, so las sie mit Einwilligung ihrer Mutter einige von ihren eigenen Kleidungsstücken aus und gab *Paul* den Auftrag, heimlich hinzugehen und sie vor die Thüre ihrer Hütten zu legen. So übte sie Gutes nach dem Vorbilde der Gottheit und spendete die Wohlthat, während die Wohltäterin im Verborgenen blieb.

Von Kindheit an mit so vielen dem Glück entgegenstehenden Vorurtheilen angefüllt, habt ihr andere Europäer keinen Begriff davon, daß die Natur so viel Aufklärung und Vergnügen gewähren könne. Euer auf einen kleinen Kreis von menschlichen Erkenntnissen beschränktes Gemüth erreicht bald das Ziel seiner erkünstelten Genüsse; aber Natur und Herz sind unerschöpflich. *Paul* und *Virginie* hatten weder Uhren noch Almanache, weder Chroniken, noch Geschichts- und philosophische Bücher. Die Zeitabschnitte ihres Lebens richteten sich nach denen der Natur. Die Zeiten des Tages erkannten sie aus dem Schatten der Bäume, die Jahreszeiten aus den Perioden, in welchen sie ihre Blumen oder Früchte spenden, und die Jahre aus der Zahl ihrer Ernten. Diese lieblichen Bilder verbreiteten den größten Reiz über ihre Gespräche. »Es ist Zeit zum Mittagessen,« sagte *Virginie* zu der Familie, »die Schatten der Pisangbäume sind an ihrem Fuße;« oder auch. »Die Nacht bricht an, die Tamarinden schließen ihre Blätter.« – »Wann wirst Du uns besuchen?« sagten einige Freundinnen aus der Nachbarschaft. »Wenn der Zucker in Saft schießt,« antwortete *Virginie*. – »Dein Besuch wird uns noch viel süßer und angenehmer seyn,« erwiderten die Mädchen. – Fragte man sie über ihr oder *Pauls* Alter, so sagte sie: »Mein Bruder ist so alt wie der große Cocosbaum an der Quelle, und ich bin so alt wie der kleinere. Die Mangobäume haben zwölfmal Früchte getragen, und die Pomeranzenbäume vierundzwanzigmal geblüht, seit ich auf der Welt bin.« Ihr Leben schien gleich dem der Faunen und Dryaden an das der Bäume gefesselt; sie kannten keine andere Geschichtsepochen, als die des Lebens ihrer Mütter, keine andere Zeitrechnung, als die ihrer Obstgärten, und keine andere Philosophie, als Jedermann Gutes zu thun und sich in den Willen Gottes zu ergeben.

Allein was brauchten auch diese jungen Leute reich und gelehrt nach unserer Art zu seyn? Ihre Bedürfnisse und ihre Unwissenheit vermehrten sogar noch ihre Glückseligkeit. Es verstrich kein Tag, daß sie sich nicht gegenseitig einige Unterstützung oder Aufklärung zukommen ließen; ich sage Aufklärung: und, wenn sich auch einige Irrthümer darunter geschlichen haben sollten, für den unschuldigen Menschen sind keine gefährliche zu fürchten. So wuchsen diese beiden Kinder der Natur heran. Keine Sorge hatte ihre Stirne gefurcht, keine Unmäßigkeit ihr Blut verunreinigt, keine unglückliche Leidenschaft ihr Herz verderbt: Liebe, Unschuld, Frömmigkeit entfalteten jeden Tag die Schönheit ihrer Seele in unaussprechlichen Reizen auf ihren Gesichtszügen, in ihren Stellungen und Bewegungen. Am Morgen ihres Lebens hatten sie die ganze Frische desselben, so wie unsere Voreltern im Garten von Eden erschienen, als sie, aus der Hand Gottes hervorgegangen, sich sahen, einander näher kamen und zuerst wie Bruder und Schwester mit einander verkehrten: *Virginie* sanft, bescheiden, zutraulich wie Eva; und *Paul*, Adam ähnlich, von dem Wuchs eines Mannes, mit der Einfalt eines Kindes.

Manchmal, wenn er allein mit ihr war, (er hat es mir tausendmal erzählt) sagte er bei der Rückkehr von seinen Geschäften zu ihr: »Bin ich ermattet, so benimmt mir Dein Anblick alle Müdigkeit. Gewahre ich Dich vom Berge herab unten im Thale, so erscheinst Du mir inmitten unserer Baumgärten wie eine Rosenknospe. Wandelst Du gegen das Haus unserer Mütter, so hat das Rebhuhn, welches seinen Jungen zuläuft, keine so schöne Haltung und keinen so leichten Gang. Wenn ich Dich auch hinter den Bäumen aus den Augen verliere, so habe ich doch nicht nöthig, Dich zu sehen, um Dich wieder zu finden: etwas von Dir, das ich nicht sagen kann, bleibt für mich in der Luft zurück, wo Du gehst, in dem Grase, wo Du sitzest. Nähere ich mich Dir, so entzückst Du alle meine Sinne. Das Azur des Himmels ist nicht so schön, als das Blau deiner Augen; der Gesang der Bengalis nicht so sanft, wie der Ton deiner Stimme. Berühre ich Dich nur mit der äußersten Spitze meines Fingers, so schaudert mein ganzer Körper vor Freude. Erinnere Dich des Tages, wo wir mitten durch die rollenden Kieselsteine des Flusses der *drei Zitzen* gingen. Als wir in seine Ufer kamen, war ich schon sehr ermattet; sobald ich Dich aber auf meinen Rücken genommen hatte, so schien es mir, als ob ich Flügel hätte, wie ein Vogel. Sage mir, wodurch konntest Du mich so bezaubern? Durch deinen Geist? unsere Mütter haben mehr als wir Beide. Durch deine Liebkosungen? sie umarmen mich öfter als Du. Ich glaube durch deine Herzensgüte. Nie werde ich vergessen, daß Du barfuß bis an den *schwarzen Fluß* gegangen bist, um für eine arme flüchtige Sklavin um Gnade zu bitten. Da, Liebe, nimm diesen blühenden Citronenzweig, welchen ich im Walde gepflückt habe; lege ihn heute Nacht neben dein Bett. Iß diese Honigscheibe, ich habe sie für Dich auf dem Gipfel eines Felsen geholt. Aber lehne Dich vorher ein wenig an meine Brust, und meine Müdigkeit wird verschwinden.«

Virginie gab ihm zur Antwort. »O mein Bruder! die Strahlen der Morgensonne von der Spitze dieser Felsen gewähren mir nicht so viel Freude als deine Gegenwart. Meine Mutter liebe ich sehr; auch die Deinige liebe ich sehr: aber wenn sie Dich »mein Sohn« nennen, liebe ich sie noch mehr. Die Liebkosungen, welche sie Dir machen, sind für mich fühlbarer als diejenigen, welche ich von ihnen erhalte. Du fragst mich, warum Du mich liebest; liebt sich doch Alles, was zusammen aufgewachsen ist. Sieh unsere Vögel an; in denselben Nestern auferzogen, lieben sie einander wie wir, sind immer beisammen, wie wir. Höre, wie sie einander von einem Baume zum andern rufen und Antwort geben. Ebenso, wenn mir das Echo die Melodien zuträgt, welche Du auf deiner Flöte, von der Höhe des Berges herab, spielest, wiederhole ich die Worte dazu im Grunde des Thales. Du bist mir theuer, hauptsächlich seit dem Tage, an welchem Du Dich meinetwegen mit dem Herrn der Sklavin schlagen wolltest. Von jener Zeit an habe ich oft zu mir gesagt. Ach, mein Bruder hat ein gutes Herz; ohne ihn wäre ich vor Angst gestorben. Ich bete alle Tage zu Gott für meine Mutter, für die Deinige, für Dich, für unsere armen Dienstboten; aber, wenn ich deinen Namen ausspreche, so scheint mir meine Andacht größer zu werden. Ich bitte Gott so inständig, er möge Dir doch kein Unglück zustoßen lassen! Warum gehst Du so weit und steigst so hoch, um mir Früchte und Blumen zu holen? Haben wir denn nicht genug im Garten? Wie müde Du wieder bist! Du bist ja ganz in Schweiß!« Und mit ihrem kleinen weißen Taschentuche trocknete sie ihm Stirne und Wangen und gab ihm dazwischen hinein manchmal einen Kuß.

Indessen fühlte sich *Virginie* seit einiger Zeit von einem unbekannten Uebel beunruhigt. Ihre schönen blauen Augen bekamen eine dunklere Schattirung; ihre Gesichtsfarbe wurde blässer; eine allgemeine Mattigkeit lähmte ihren ganzen Körper. Die Heiterkeit verschwand von ihrer Stirne, das Lächeln von ihren Lippen. Man sah sie auf einmal fröhlich ohne Freude, und traurig ohne Kummer. Sie floh ihre unschuldigen Spiele, ihre sanften Beschäftigungen und die Gesellschaft ihrer geliebten Familie. In den einsamsten Oertern der Pflanzung irrte sie hin und her, suchte überall Ruhe und fand sie nirgends. Manchmal beim Anblicke *Pauls* lief sie muthwillig auf ihn zu; dann auf einmal, wenn sie ihn anreden wollte, ergriff sie eine plötzliche Verlegenheit; ein lebhaftes Roth färbte ihre blassen Wangen, und ihre Augen wagten nicht mehr fest auf den seinigen zu ruhen. *Paul* sagte zu ihr: »Grün bedeckt diese Felsen, unsere Vögel singen, wenn sie Dich sehen; Alles ist fröhlich um Dich her: Du allein bist traurig.« Und er suchte sie zu erheitern, indem er sie in seine Arme schloß; aber sie wendete das Haupt weg und floh zitternd ihrer Mutter zu. Die Unglückliche fühlte sich durch die Liebkosungen ihres Bruders beunruhigt. *Paul* begriff nichts von diesen so neuen und sonderbaren Launen. Ein Unglück kommt selten allein.

Unter jenen Sommern, welche von Zeit zu Zeit die zwischen den Wendekreisen gelegenen Länder heimsuchen, breitete einer seine Verheerungen auch über diese Gegend aus. Es war gegen das Ende des Monats December, wenn die Sonne im Zeichen des Steinbocks drei Wochen hindurch Isle-de-France mit ihrer senkrechten Glut erhitzt. Der Südostwind, welcher hier beinahe das ganze Jahr über herrscht, wehte nicht mehr. Lange Staubwirbel erhoben sich über den Wegen und blieben schwebend in der Luft hängen. Ueberall spaltete sich der Boden; das Gras war versengt; heiße Dämpfe entstiegen den Seiten der Berge, und der größte Theil ihrer Bäche war ausgetrocknet. Keine Wolke kam von der Seite des Meeres. Nur den Tag über erhoben sich über seinen Flächen röthliche Dünste, welche bei Sonnenuntergang den Flammen einer Feuersbrunst glichen. Selbst die Nacht brachte keine Abkühlung in den entzündeten Luftkreis. Blutroth und in ungewöhnlicher Größe stieg die Scheibe des Monds am nebligten Horizonte auf. Abgemattet, den Hals gegen den Himmel gestreckt und nach Luft schnappend, standen die Heerden auf den Seiten der Hügel und erfüllten die Thäler mit ihrem traurigen Gebrüll. Selbst der Kaffer, der sie hütete, warf sich auf die Erde, um hier Kühlung zu finden; aber überall brannte der Boden und die erstickende Luft hallte wider von dem Gesumme schwärmender Insecten, die sich im Blute der Menschen und Thiere zu letzen suchten.

Diese Hitze wirkte auch auf *Virginie* sehr nachtheilig. In einer solcher brennenden Nächte fühlte sie, daß alle Symptome ihres Uebels sich mit verdoppelter Gewalt einstellten. Sie stand auf, setzte sich und warf sich dann auf's Neue auf ihr Lager, aber nirgends, in keiner Stellung und in keiner Lage, fand sie Ruhe und Schlaf. Nun geht sie beim klaren Schein des Mondes nach ihrem Teiche; sie sieht, daß die Quelle trotz der allgemeinen Trockenheit sich noch in silbernen Fädchen über die braunen Seiten des Felsen herabschlängelt, und setzt sich hinein in das Becken.

Im Anfang fühlt sie sich erfrischt und erquickt und tausend angenehme Erinnerungen steigen in ihrem Geiste auf. Sie gedenkt der Zeit ihrer Kindheit, wo ihre Mutter und *Margarethe* ihre Lust darin fanden, sie und *Paul* an diesem Orte zu baden; wie späterhin *Paul* dieses Bad für sie allein bestimmte, das Bett der Quelle erweiterte, den Boden mit Sand ausfüllte und das Ufer mit würzigen Blumen bepflanzte. Sie sieht im Wasser auf ihren nackten Armen und ihrem Busen die zwei Cocosbäume sich spiegeln, die bei ihrer und ihres Bruders Geburt gepflanzt worden waren, und deren grüne Zweige und junge Früchte sich über ihrem Haupte in einander schlangen. Sie gedenkt der Freundschaft *Pauls*, die süßer als die Wohlgerüche, reiner als das Wasser der Quellen, stärker als die verschlungenen Palmbäume, und bei diesem Gedanken seufzt sie tief auf. Sie gedenkt der Nacht, der Einsamkeit, und ein verzehrendes Feuer erfaßt sie. Schnell entfernt sie sich, erschreckt von diesen gefährlichen Schatten und diesen Wassern, die ihr glühender dünken, als die Sonnenstrahlen der heißen Zone. Sie flüchtet sich zu ihrer Mutter, um bei ihr Schutz gegen sich selbst zu suchen. Mehrere Male wollte sie ihr ihre Leiden erzählen und preßte fest ihre Hände zusammen; mehrere Male war sie im Begriff, den Namen *Paul* auszusprechen; allein die Beklommenheit ihres Herzens lähmte ihre Zunge; sie lehnte ihren Kopf an den Busen der Mutter und vermochte nichts, als ihn mit ihren Thränen zu benetzen.

Mutterliebe durchschaut Alles. Frau von *Latour* erkannte die Ursache von *Virginiens* Uebel wohl, aber sie wagte es selbst nicht, ihr den Schleier zu lüften. »Mein Kind!« sagte sie zu ihr,

» wende dich an Gott, der nach Gefallen Gesundheit und Leben verleiht. Er prüft dich heute, um dich morgen zu belohnen. Bedenke, daß wir nur auf Erden sind, um die Tugend zu üben.«

Mittlerweile hatte die entsetzliche Hitze die Dünste des Meeres heraufgezogen, die nun wie ein ungeheurer Schirm die Insel umhüllten. Die Gipfel der Berge sammelten sie um sich, und von ihren umnebelten Spitzen fuhren von Zeit zu Zeit schlängelnde Blitze herab. Bald tönten furchtbare Donner wider in den Wäldern, Ebenen und Thälern; unendlicher Regen stürzte gleich Wasserfällen vom Himmel herab. Schäumende Gießbäche ergossen sich über die Seiten dieses Berges; das Becken war zu einem Meere geworden, das Plateau, worauf die Hütten stehen, zu einer kleinen Insel, und der Eingang dieses Thales zu einer Schleuße, durch welche sich mit den brausenden Wassern Bäume und losgerissene Erd- und Felsstücke drängten.

Zitternd vor Schrecken lag die ganze Familie in der Hütte der Frau von *Latour* auf den Knien und flehte zu Gott. Das Dach krachte entsetzlich von der Gewalt der Winde, und obschon die Thüre und die Läden gut verschlossen waren, so leuchteten doch fast ununterbrochen die Blitze durch die Ritzen und Fugen des Gebälkes. Trotz Sturm und Wetter ging der unerschrockene *Paul* mit *Domingo* von einer Hütte zur andern, hier einen Pfeiler befestigend, dort eine Stütze anlegend, und als er zurückkam, suchte er die Familie mit der Versicherung zu trösten, daß das schöne Wetter sich bald wieder einstellen werde. Wirklich hörte auch gegen Abend der Regen auf; der gewöhnliche Südostwind trat wieder ein, die Gewitterwolken zogen sich nach Nordwest, und die untergehende Sonne zeigte sich am Horizont.

Virginiens erster Wunsch war, den Ort ihrer Ruhe wieder zu sehen. *Paul* trat schüchtern auf sie zu und bot ihr seinen Arm, um ihr das Gehen zu erleichtern. Sie nahm ihn lächelnd an, und so verließen sie mit einander die Hütte. Die Luft war frisch und kühl, ein weißer Rauch stieg von den Gipfeln des Berges empor, dessen Abhänge da und dort durch die schäumenden Regengüsse gefurcht waren, die nunmehr auf allen Seiten zu vertrocknen anfingen. Der Garten war entsetzlich verwüstet und wie umgewühlt; die meisten Obstbäume lagen entwurzelt auf dem Boden, große Sandhaufen bedeckten die Säume der Wiesen, und auch *Virginiens* Bad war verschüttet. Nur die beiden Cocosbäume standen aufrecht und grünend da, aber rund umher waren keine Rasensitze, keine Lauben, selbst keine Vögel mehr zu schauen; nur einige Bengalis saßen auf dem Gipfel einer nahen Felsenspitze und beweinten in klagenden Gesängen den Verlust ihrer Jungen.

Als *Virginie* diese Zerstörung sah, sagte sie zu *Paul*: »Du hattest Vögel hierher gebracht, der Sturmwind hat sie getödtet. Du hattest diesen Garten bepflanzt, nun liegt er verwüstet. Alles vergeht auf der Erde und nur der Himmel allein ist unveränderlich!« *Paul* antwortete. »Ach! daß ich dir nichts vom Himmel geben kann! aber ich besitze ja Nichts, selbst nicht auf der Erde.« Erröthend erwiderte *Virginie*: »Doch, du hast das Bildniß des heiligen *Paul*.« Kaum hatte sie diese Worte gesagt, so lief er nach der Hütte seiner Mutter, um es zu holen. Dieß Bildniß war ein kleines Miniatur-Gemälde, das den Eremiten *Paul* vorstellte. *Margarethe* verehrte es mit großer Andacht. Als Mädchen hatte sie es lange am Halse getragen, als sie aber Mutter geworden war, hatte sie es ihrem Kinde umgebunden. Während ihrer Schwangerschaft, als sie von aller Welt verlassen war, hatte sie oft mit Inbrunst das Bild dieses gottseligen Einsiedlers betrachtet, daher ihr Sohn ihm auch einigermaßen glich. Dieß war die Ursache, daß sie ihm den Namen *Paul* und als Schutzpatron einen Heiligen gab, der sein Leben fern von den Menschen zugebracht hatte, von denen sie selbst verkannt und verlassen worden war. *Virginie* empfing das kleine Bild aus den Händen *Pauls* und sagte gerührt zu ihm: »Gewiß, mein Bruder! so lange ich lebe soll mir Niemand es entreißen, und nie werde ich vergessen, daß du mir das Einzige gegeben hast, was du auf der Welt besitzest.« Bei diesem freundlichen Tone, dieser unverhofften Rückkehr der alten Vertraulichkeit und Zärtlichkeit wollte *Paul* sie umarmen, aber sie entschlüpfte ihm leicht wie ein Vogel und er sah ihr verduzt nach, ohne dieses auffallende Benehmen begreifen zu können.

Indessen sagte *Margarethe* zur Frau von *Latour*: »Warum geben wir unsere Kinder nicht zusammen? Sie lieben sich mit außerordentlicher Leidenschaft, von der aber mein Sohn noch keine Ahnung hat. Wenn sich einmal die Natur in ihm ausspricht, dann werden wir umsonst über sie wachen; dann ist Alles zu befürchten.« Frau von *Latour* gab ihr zur Antwort. »Sie sind noch zu jung und auch zu arm. Wie niederdrückend für uns, wenn *Virginie* Mutter unglücklicher Kinder würde, die zu erziehen ihr die Mittel fehlten! Dein schwarzer *Domingo* ist alt und gebrechlich, *Marie* kränklich; ich selbst, theure Freundin! habe in den letzten fünfzehn Jahren sehr abgenommen. Man altert schnell in den warmen Ländern, zumal wenn Kummer das Herz zerfrißt. *Paul* ist unsere einzige Hoffnung; laß uns warten, bis noch einige Jahre mehr ihn gefestigt haben, und er uns durch seine Arbeit ernähren kann. Jetzt haben wir, wie du weißt, nichts als die täglichen Bedürfnisse; wenn wir aber *Paul* auf einige Zeit nach Indien schicken, so kann er durch den Handel so viel gewinnen, daß er im Stande ist, einige Sklaven zu kaufen. Nach seiner Rückkehr wollen wir ihn dann mit *Virginien* verheirathen; denn ich glaube, daß Niemand meine geliebte Tochter so glücklich machen kann, als dein Sohn *Paul*. Doch wir wollen auch mit unserm Nachbar darüber sprechen.«

Es geschah. Die Frauen fragten mich um Rath, und ich war ihrer Ansicht. »Die indischen Meere,« sagte ich, »befahren sich gut. Wenn man eine günstige Jahrszeit wählt, so braucht man höchstens sechs Wochen, um nach Indien zu kommen, und eben so viel zur Zurückreise. Wir wollen für *Paul* einen Pack Waaren zusammen machen; meine Nachbarn, die ihn sehr lieben, werden gern die Hand dazu bieten. Wenn wir ihm auch nichts mitgeben, als rohe Baumwolle, die wir aus Mangel an Maschinen nicht alle benützen können, etwas Ebenholz, das hier so gemein ist, daß man es zur Heizung gebaucht, und einige Harze, die sich in unsern Wäldern verlieren, so kann er dieß Alles in Indien recht gut verkaufen, während es uns hier von keinem Nutzen ist.«

Ich übernahm es, Herrn von *Labourdonnais* um Erlaubnis zu dieser Reise zu bitten; zuvor aber wollte ich *Paul* selbst davon in Kenntniß setzen. Aber wie groß war mein Erstaunen, als mir dieser junge Mensch mit einem Verstand, der weit über seine Jahre ging, zur Antwort gab. »Warum soll ich irgend eines Glücksprojectes wegen meine Familie verlassen! Gibt es einen vorteilhafteren Handel, als den Ackerbau, der manchmal 150 Procent abwirft? Wenn wir Handel treiben wollen, warum bringen wir nicht lieber unsern Ueberfluß in die Stadt, statt daß ich nach Indien gehen soll? Unsere Mütter sagen, *Domingo* sey alt und schwächlich; ich aber bin jung und werde mit jedem Tage stärker. Wie leicht könnte ihnen, während meiner Abwesenheit, ein Unfall begegnen, besonders *Virginien*, die schon jetzt leidend ist! O nein, nein; ich werde mich nie entschließen, sie zu verlassen.«

Seine Antwort versetzte mich in große Verlegenheit; denn Frau von *Latour* hatte mir aus *Virginiens* Anstand kein Geheimniß gemacht, und mir vertraut, wie sehr sie die jungen Leute auf einige Zeit von einander zu trennen wünschte. Es waren dieß Gründe, von denen ich es nicht wagte, etwas gegen *Paul* verlauten zu lassen.

Sie berieth sich mit ihrer Freundin und mir hin und her, als ein Schiff aus Frankreich ankam und ihr einen Brief von ihrer Tante brachte. Die Furcht vor dem Tode, ohne welche harte Herzen niemals aufthauen würden, hatte sich ihrer bemächtigt. Sie hatte eben eine große Krankheit überstanden, die sich in langwieriges und bei ihrem Alter unheilbares Siechthum verwandelte. Jetzt forderte sie ihre Nichte auf, nach Frankreich zurückzukommen, oder im Fall ihre Gesundheitsumstände die weite Reise nicht erlauben, *Virginien* zu schicken, der sie eine gute Erziehung, eine standesgemäße Verheirathung und das Vermächtniß ihres ganzen Vermögens zusicherte. Von der Erfüllung dieses Verlangens, setzte sie hinzu, mache sie die Rückkehr ihrer Gewogenheit abhängig.

Alle geriethen über diesen Brief in die größte Bestürzung. *Domingo* und *Marie* fingen an zu weinen; *Paul* war regungslos vor Staunen und schien in Zorn ausbrechen zu wollen. *Virginie* hatte ihre Augen starr auf ihre Mutter geheftet und wagte kein Wort zu sprechen. »Könntest du uns jetzt verlassen?« sagte *Margarethe* zu Frau von *Latour*. – »Nein, meine Freundin! nein, meine Kinder!« antwortete Frau von *Latour*; »ich werde euch nicht verlassen. Mit euch habe ich gelebt, mit euch will ich auch sterben. In eurer Liebe habe ich mein einziges Glück gefunden. Wenn meine Gesundheit zerrüttet ist, so ist alter Kummer daran Schuld. Die Härte meiner Verwandten und der Tod meines geliebten Gatten haben mir das Herz zerrissen; bei euch aber, unter diesen armen Hütten, habe ich mehr Trost und Glück gefunden, als mich die Reichthümer meiner Familie im Vaterlande jemals hatten hoffen lassen.«

Auf diese Erklärung traten Freudenthränen in Aller Augen. *Paul* schloß Frau von *Latour* in seine Arme und sagte zu ihr: »Ich werde Sie auch nicht verlassen; ich werde nicht nach Indien gehen. Wir wollen Alle für Sie arbeiten, liebe Mutter; es soll Ihnen bei uns an Nichts fehlen.« Wer aber von der ganzen Gesellschaft seine Freude am wenigsten äußerte und am tiefsten fühlte, war *Virginie*. Ein stilles, inneres Vergnügen leuchtete an diesem Tage aus ihrem ganzen Wesen hervor, und die Wiederkehr ihrer Ruhe vollendete die allgemeine Zufriedenheit.

Eben hatte die Familie am andern Morgen ihre gewöhnliche gemeinschaftliche Andacht verrichtet, die dem Frühstück vorherzugehen pflegte, als *Domingo* die Nachricht brachte, ein vornehmer Herr zu Pferde, gefolgt von zwei Sklaven, komme auf die Wohnung zu. Es war Herr von *Labourdonnais*. Er trat in die Hütte und traf die ganze Familie am Tische. *Virginie* hatte so eben nach der Sitte des Landes Kaffee, in Wasser gekochten Reiß, warme Kartoffeln und frische Bananas aufgetragen. Statt der Gefäße bedienten sie sich halber Kürbißschalen, die Stelle des Tischtuches vertraten Bananasblätter. Der Gouverneur bezeigte zuerst einiges Erstaunen über die Dürftigkeit dieser Wohnung, dann wandte er sich an Frau von *Latour* und sagte zu ihr, die allgemeine Geschäfte hindern ihn manchmal, an die besondern zu denken; im Uebrigen stehe er jetzt ganz zu ihren Diensten. »Sie haben,« setzte er hinzu, »eine sehr reiche und angesehene Tante in Paris, die Ihnen ihr Vermögen zugedacht hat und Sie erwartet.« Frau von *Latour* antwortete dem Gouverneur, ihre zerrüttete Gesundheit erlaube ihr nicht, eine so weite Reise zu unternehmen. »Aber,« fuhr Herr von *Labourdonnais* fort, »dann können Sie wenigstens ihrer jungen und liebenswürdigen Fräulein Tochter eine so große Erbschaft nicht entziehen, ohne unbillig zu handeln. Ich verhehle Ihnen nicht, daß Ihre Tante sich an die Behörden gewendet hat, um sie zu sich kommen zu lassen. Ich habe amtlichen Befehl, nötigenfalls Gewalt zu brauchen; da ich indessen gewohnt bin, diese nur zum Glücke der Bewohner unserer Kolonie auszuüben, so erwarte ich von Ihrer eigenen Einsicht dieses Opfer von einigen Jahren, von dem das Glück Ihrer Tochter und das Wohl Ihres ganzen Lebens abhängt. Warum kommt man denn auf die Inseln, außer um hier sein Glück zu machen? Ist es nicht weit angenehmer, es im Vaterlande zu finden?«

Ehe er noch ausgesprochen, legte er einen großen Beutel mit Piastern auf den Tisch, den einer seiner Schwarzen trug. »Dieß,« sagte er, »hat Ihre Tante für die Ausrüstung zur Reise Ihrer Fräulein Tochter bestimmt.« Er machte hierauf Frau von *Latour* freundschaftliche Vorwürfe, daß sie sich in ihren Nöthen nicht an ihn gewendet habe, lobte aber zugleich ihren edlen Muth. Nun ergriff *Paul* das Wort und sagte zum Gouverneur: »Mein Herr! meine Mutter hat sich an Sie gewendet, aber Sie haben sie schlecht empfangen.« – »Haben Sie auch einen Sohn, Madame?« fragte *Labourdonnais* jetzt Frau von *Latour*. – »Nein,« antwortete sie, »es ist der Sohn meiner Freundin, aber er und *Virginie* sind uns gemeinschaftlich und gleich lieb.« – »Junger Mann,« sagte jetzt der Gouverneur zu *Paul*, »wenn Sie einmal die Welt besser kennen lernen, so werden Sie einsehen, wie schlimm es oft hochgestellten Leuten ergeht, wie leicht sie sich hintergehen lassen, so daß sie oft dem schlauen Laster gewähren, was der sich verbergenden Tugend gebührt.«

Herr von *Labourdonnais* setzte sich auf Frau von *Latours* Einladung neben sie zu Tische und frühstückte nach Art der Kreolen Kaffee und Reiß. Die Ordnung und Reinlichkeit in der kleinen Hütte, die Eintracht dieser beiden liebenswürdigen Familien und selbst der Eifer ihrer alten Diener machte einen höchst angenehmen Eindruck auf ihn. »Die Möbel,« sagte er, »sind zwar nur von Holz, aber ich sehe heitere Gesichter und Herzen von Gold.« *Paul* war sehr erfreut über die Leutseligkeit des Gouverneurs und sagte zu ihm: »Sie sind ein braver Mann, ich wünsche Ihr Freund zu seyn.« Herr von *Labourdonnais* nahm diesen Beweis insularischer Herzlichkeit mit Vergnügen auf; er drückte *Paul* die Hand und versicherte ihm, daß er auf seine Freundschaft zählen könne.

Als das Frühstück vorbei war, nahm er Frau von *Latour* bei Seite und sagte ihr, es werde sich demnächst eine Gelegenheit zeigen, ihre Tochter nach Frankreich abzuschicken; das Schiff sey bereits segelfertig, und er werde sie einer Verwandten, die mitreise, empfehlen; sie solle sich ja hüten, um der Trennung von einigen Jahren willen ein so unermeßliches Vermögen hinauszulassen. »Ihre Tante,« setzte er beim Abschied hinzu, »kann höchstens noch zwei Jahre leben, wie ihre Bekannten mich versichern. Bedenken Sie dieß wohl; das Glück kommt nicht alle Tage. Ueberlegen Sie die Sache noch einmal. Jeder Vernünftige wird dieser Ansicht seyn.« Sie antwortete, sie wünsche kein Glück auf der Welt, als das ihrer Tochter, und werde daher ihre Abreise nach Frankreich ganz ihrem eigenen Gutdünken anheimstellen.

Man kann sich denken, daß es der Frau von *Latour* nicht unangenehm war, als sich diese Gelegenheit fand, *Virginien* und *Paul* auf einige Zeit von einander zu trennen, zumal da diese Trennung ihr beiderseitiges Glück zu gründen versprach. Sie nahm ihre Tochter bei Seite und sagte zu ihr: »Mein Kind! unsere Diener sind alt und *Paul* noch sehr jung; auch *Margarethe* wird schwach und ich selbst bin bereits hinfällig. Wenn ich sterben sollte, was würde aus dir werden, ohne Vermögen, mitten in dieser Wildniß? Du wärest ganz allein, hättest Niemanden, der dich bedeutend unterstützen könnte, und müßtest, um dir deinen Lebensunterhalt zu verschaffen, unaufhörlich arbeiten, wie eine Taglöhnerin. O dieser Gedanke macht mich sehr unglücklich!« *Virginie* antwortete: »Gott hat uns zur Arbeit bestimmt! Sie selbst haben mich arbeiten und ihn preisen gelehrt. Er hat uns bisher nicht verlassen und wird uns auch ferner nicht verlassen. Sein Auge wacht vornehmlich über die Unglücklichen. Wie oft haben Sie mir selbst dieß gesagt, liebe Mutter! Ich kann mich nicht entschließen, Sie zu verlassen.« Frau von *Latour* antwortete bewegt: »Meine Absicht ist nur, dich glücklich zu machen und später mit *Paul* zu verheirathen, der nicht dein Bruder ist. Bedenke jetzt, daß auch sein Glück von dir abhängt.«

Unter tausend liebenden Mädchen ist vielleicht nicht Eine, die nicht die Ueberzeugung hätte, ihre Liebe sey für Jedermann ein Geheimniß. Sie ziehen den Schleier, den sie über ihrem Herzen haben, auch über ihre Augen; aber sobald er von einer befreundeten Hand gelüftet ist, so brechen die geheimen Liebesleiden wie durch eine offene Thüre hervor, und die zarten Ergießungen des Vertrauens folgen auf die geheimnißvolle Zurückhaltung, womit sie sich umschanzt hatten. Gerührt durch die neuen Beweise der Liebe ihrer Mutter, erzählte ihr *Virginie* jetzt, welche Kämpfe sie bestanden hatte, wovon nur Gott Zeuge sey; sie erblicke die Hülfe der Vorsehung in der einer zärtlichen Mutter, die ihre Neigung billige und ihr mit ihrem Rathe beistehe; durch ihre Hülfe gestärkt, verpflichte sie sich jetzt, bei ihr zu bleiben, ohne Unruhe wegen der Gegenwart und ohne Furcht wegen der Zukunft.

»Mein Kind,« sagte jetzt Frau von *Latour*, die von ihrer Offenheit eine ganz andere Wirkung erwartet hatte, »ich will dich nicht zwingen, aber überlege wohl, was du thust, und verrathe *Paul* deine Liebe nicht. Wenn ein Mädchen ihr Herz weggeschenkt hat, so hat ihr Liebhaber nichts mehr zu fordern.«

Virginie war gegen Abend mit ihrer Mutter allein, als ein großer Mann, im blauen Priesterrock, in die Hütte trat. Es war dieß ein Missionär, der auf der Insel seinen Sitz hatte, und zugleich der Beichtvater Frau von *Latours* und *Virginiens*. Der Gouverneur hatte ihn geschickt. »Gott sey gelobt, meine Kinder!« sagte er beim Hereintreten, »Sie sind auf einmal reich geworden. Sie können jetzt Ihrem guten Herzen folgen und den Armen wohlthun. Ich weiß, was Herr von *Labourdonnais* zu Ihnen gesagt und was Sie ihm geantwortet haben. Gute Mutter, Ihre Gesundheit nöthigt Sie, hier zu bleiben; aber Sie, mein Fräulein, haben durchaus keine Entschuldigung. Sie müssen der Vorsehung gehorchen und Ihren alten Verwandten, selbst wenn sie Unbilliges fordern. Es ist dieß ein Opfer, aber es ist der Befehl des Herrn. Er hat sich für uns dahin gegeben; Sie müssen sich nach seinem Beispiel für das Wohl Ihrer Familie dahingehen. Ihre Reise nach Frankreich wird ein glückliches Ende haben. Gehen Sie nicht gerne dahin, mein liebes Fräulein?«

Virginie antwortete zitternd und mit niedergeschlagenen Augen: »Wenn es der Befehl des Herrn ist, so will ich mich nicht widersetzen. Gottes Wille geschehe!« setzte sie weinend hinzu.

Der Missionär ging und stattete dem Gouverneur Bericht von dem Erfolg seiner Sendung ab. Inzwischen ließ mich Frau von *Latour* durch *Domingo* bitten, zu ihr zu kommen, um mich wegen *Virginiens* Reise zu Rathe zu ziehen. Ich war durchaus nicht der Meinung, daß man sie abreisen lassen solle. Meine Ansicht vom Glück ist die, daß man die Vortheile, welche unsere eigene innere Natur uns bietet, Allem vorziehen soll, was äußere Umstände versprechen, und daß wir nicht außer uns suchen sollen, was wir in uns finden können. Ich dehne diesen Grundsatz auf Alles aus ohne Ausnahme. Aber was vermochten meine nüchternen Rathschläge gegen den blendenden Glanz großen Reichthums, meine natürlichen Gründe gegen die Vorurtheile der Welt und eine Autorität, die für Frau von *Latour* heilig war. Sie fragte mich nur aus Höflichkeit um Rath, und überlegte nicht mehr, seit ihr Beichtvater seinen entscheidenden Spruch gethan hatte. Auch *Margarethe*, die trotz der Vortheile, die sie von *Virginiens* Glück für ihren Sohn hoffte, immer stark gegen die Reise gesprochen hatte, machte jetzt keine Einwendungen mehr. *Paul*, der von dem ganzen Plane nichts wußte, war sehr verwundert über die geheimen Unterredungen der Frau von *Latour* und ihrer Tochter, und überließ sich düsterem Gram. »Es ist etwas gegen mich im Werk,« sagte er, »denn man verbirgt sich vor mir.«

KAPITEL 4

Mittlerweile hatte sich auf der Insel das Gerücht verbreitet, das Glück habe auf diesen Felsen eingekehrt, und man sah Kaufleute aller Art dieselben hinanklimmen. Sie kramten in diesen armseligen Hütten die reichsten Stoffe Indiens aus: prächtige Basins von Goudelour, Tücher von Paliakata und Mazulipatan, Mousseline von Daca, glatte, gestreifte, gestickte, dann wieder so durchsichtige, wie der Tag; Schärpen aus Surate, die so schön weiß sind, Zitzen von allen und den seltensten Farben. Sie entrollten prachtvolle seidene Stoffe aus China, glänzende Lampas, Damaste von weißem Atlas, wieder andere von grasgrüner und noch andere von blendend rother Farbe; ferner rosarothe Tafte, weiße und gelbe Nankin, selbst Negerschürzen aus Madagascar durften nicht fehlen.

Mit mädchenhafter Neugierde betrachtete *Virginie* diese seltenen Schätze, und Frau von *Latour* ließ ihre Tochter Alles kaufen, was ihr gefiel; sie sah nur auf die Güte der Waaren und sorgte dafür, daß die Kaufleute nicht zu viel forderten. *Virginie* wählte Alles, von dem sie glaubte, daß es ihrer Mutter, *Margarethen* und ihrem Sohne gefalle. »Dieß hier,« sagte sie, »wäre für Möbel gut, dieß für *Marie* und *Domingo*.« Kurz, der Beutel mit den Piastern war geleert, ehe sie noch für ihre eigenen Bedürfnisse gesorgt hatte. Sie mußte einen Theil von den Geschenken, die sie für die Gesellschaft bestimmt hatte, für sich behalten.

Paul, der arme *Paul* wollte beim Anblick dieser Gaben des Glücks, die ihm *Virginiens* Abreise verkündeten, verzweifeln. Einige Tage nachher kam er zu mir. »Meine Schwester verläßt uns,« sagte er in schmerzhaftem Tone; »schon trifft sie alle Anstalten zur Abreise. Ich bitte Sie, kommen Sie zu uns: Wenden Sie Ihren Einfluß auf ihre und meine Mutter dahin an, daß sie bei uns bleibt.« Ich folgte ihm auf seine Bitten, obschon ich im Voraus überzeugt war, daß meine Vorstellungen nichts fruchten würden.

Schon in ihrem einfachen Kleide von blauer bengalischer Leinwand, mit einem rothen Tuch um den Kopf, hatte mir *Virginie* sehr schön geschienen; wie viel mehr jetzt, da ich sie nach der Sitte der Damen des Landes aufgeputzt sah! Sie war in weißen Mousselin und rosarothen Taft gekleidet. Ihre schlanke Taille zeigte sich ausnehmend schön unter der knappen Schnürbrust, und ihre in doppelte Flechten geschlungenen blonden Haare umkränzten auf's lieblichste das jungfräuliche Gesicht. Ihre schönen blauen Augen waren voll Melancholie, und die Unruhe ihres Herzens, das seine Leidenschaft schlecht bekämpfte, gab ihren Wangen ein höheres Roth und ihrer Stimme eine Weichheit, der man nicht widerstehen konnte. Der Contrast ihres eleganten Putzes, den sie nur wider Willen zu tragen schien, machte ihre ganze Erscheinung nur um so ergreifender. Man konnte sie nicht sehen oder hören, ohne im Innersten bewegt zu werden. *Paul* wurde immer trauriger; *Margarethe*, die bei diesem Anblick nicht länger an sich halten konnte, nahm ihn bei Seite und sagte zu ihm: »Warum, mein Sohn! willst du dich mit falschen Hoffnungen nähren, welche die Entbehrungen nur noch bitterer machen? Es ist Zeit, daß ich dir das Geheimniß deines und meines Lebens entdecke. Fräulein von *Latour* hat durch ihre Mutter eine reiche und vornehme Verwandte; du bist nur der Sohn einer armen Bäurin und, was noch schlimmer ist, ein Bastard.«

Das Wort Bastard machte *Paul* staunen. Er hatte es nie gehöre und bat daher seine Mutter um eine Erklärung. Sie antwortete ihm: »Du hast keinen gesetzmäßigen Vater gehabt. Als Mädchen hat mich die Liebe zu einem Fehltritte verleitet, dessen Folge Du warst. Mein Vergehen hat Dich deiner väterlichen Familie beraubt und meine Reue deiner mütterlichen. Unglücklicher! Du hast auf der ganzen weiten Welt keine Verwandten, als mich allein!« Dabei fing sie an in Thränen auszubrechen; *Paul* schloß sie in seine Arme und sagte: »O meine Mutter, da ich keine andern Verwandten habe, als Dich, so will ich Dich um so mehr lieben. Aber was für ein Geheimniß hast Du mir so eben entdeckt! Jetzt sehe ich erst, warum Fräulein von *Latour* sich seit zwei Monaten so von mir entfernt, und was sie jetzt bestimmt, uns zu verlassen. Ach, ohne Zweifel verachtet sie mich.«

Da inzwischen die Stunde zum Abendessen gekommen war, setzte sich die Familie zu Tisch, aber es wurde wenig gegessen und nichts gesprochen; denn Alle waren von den verschiedensten

Leidenschaften zu sehr bewegt. *Virginie* ging zuerst aus der Hütte und setzte sich auf den Platz, wo wir gegenwärtig sind. *Paul* folgte ihr bald nach und ließ sich neben ihr nieder. Eine Zeit lang beobachteten Beide tiefes Stillschweigen. Es war eine jener köstlichen Nächte, die in den Ländern der heißen Zone so häufig sind, und deren Schönheit der geschickteste Pinsel nicht wieder zu geben vermag. Der Mond zog am Firmament herauf, in einen Schleier von Wolken gehüllt, die seine Strahlen allmählig zertheilten. Sein Licht ergoß sich nach und nach über die Berge der Inseln und ihre Felsenspitzen, deren Grün im Silberglanze schimmerte. Die Winde hielten ihren Athem an, und nur dann und wann erklangen aus den Wäldern, aus den Tiefen der Thäler, oder von der Höhe der Felsen herab einzelne Töne von Vögeln, die sich in ihren Nestern liebkosten und sich der Helle der Nacht und der reinen ruhigen Luft erfreuten. Alles freute sich seines Daseins, selbst die Insecten summten unter dem Grase. Am Himmel funkelten die Sterne und spiegelten sich in den Fluten des Meeres, das ihr Bild zitternd zurückwarf. Mit zerstreuten Blicken durchlief *Virginie* den weiten und dunkeln Horizont, der vom Ufer der Insel begrenzt war, wo die rothen Feuer der Fischer flackerten. Am Eingang des Hafens bemerkte sie ein Licht und einen Schatten: es war die Seelaterne und das Schiff, das sie nach Europa bringen sollte; schon war es segelfertig und erwartete nur das Ende der Windstille, um die Anker zu lichten. Bei diesem Anblick gerieth sie in Verwirrung und wandte sich ab, um *Paul* ihre Thränen nicht sehen zu lassen.

Margarethe, Frau von *Latour* und ich saßen einige Schritte von ihnen unter einem Bananasbaum, und in der Stille der Nacht hörten wir deutlich ihr Gespräch, das ich nicht vergessen habe.

Paul sagte zu ihr: »Mein Fräulein! Sie reisen, wie ich höre, in drei Tagen ab. Fürchten Sie sich denn nicht vor den Gefahren des Meeres, vor dem Sie immer so große Angst hatten?« – »Ich muß,« antwortete *Virginie*, »meine Verwandten und meine Pflicht fordern es.« – »Sie verlassen uns,« fuhr *Paul* fort, »wegen einer entfernten Verwandten, die Sie nie gesehen haben!« – »Ach!« sagte *Virginie*, »wie sehr wünschte ich, mein ganzes Leben bei Dir zu bleiben, aber meine Mutter hat es nicht gewollt. Mein Beichtvater hat gesagt, es sey Gottes Wille, daß ich die Reise mache; das Leben sey eine Prüfung... .. Ach! es ist eine sehr harte Prüfung.«

Wie!« rief *Paul*, »Sie haben so viele Gründe zu Ihrer Abreise und keinen einzigen, der Sie zurückhielte! Ach, ich weiß noch einen, den Sie mir nicht sagten. Der Reichthum hat große Reize. Sie werden in der neuen Welt bald Jemand finden, dem Sie den Namen Bruder geben können, welchen Sie mir nicht mehr geben. Sie werden sich diesen Bruder unter Leuten auswählen, die durch Geburt und Reichthum, was ich Ihnen freilich nicht bieten kann, Ihrer würdig sind. Aber wohin wollen Sie gehen, um glücklicher zu werden, als Sie hier sind? Welches Land könnte Ihnen theurer seyn, als das, wo Sie geboren sind? Wo werden Sie eine liebenswürdigere Gesellschaft finden, als diejenige, die Sie liebt? Wie werden Sie ohne die Liebkosungen Ihrer Mutter leben können, an die Sie so gewöhnt sind? Was wird aus ihr, der schon bejahrten Frau, werden, wenn Sie bei Tische, im Hause, auf dem Spaziergange, wo sie sich auf Sie stützte, ihr nicht mehr zur Seite stehen? Was wird aus meiner Mutter werden, die Sie eben so liebt, wie die Ihrige? Was soll ich zu ihnen sagen, wenn ich sie über Ihre Abwesenheit weinen sehe? Grausame! Ich spreche nicht von mir; aber was soll aus mir werden, wenn der Morgen kommt und ich sehe Sie nicht mehr, wenn die Nacht einbricht und uns nicht vereinigt! wenn ich diese beiden Cocosbäume sehen werde, die bei unserer Geburt gepflanzt wurden und so lange Zeugen unserer gegenseitigen Freundschaft waren! Ach! da Dich ein neues Glück reizt, da Du andere Länder suchst, als dein Geburtsland, andere Güter, als die ich Dir mit meiner Arbeit verschaffen kann, so laß mich Dich wenigstens auf dem Schiff begleiten, das Dich von hinnen führt. Ich will Dir Muth einsprechen bei den Stürmen, die Du schon auf dem Lande so sehr fürchtest; dein Haupt soll an meiner Brust ruhen; dein Herz will ich an meinem Herzen erwärmen, und in Frankreich, wohin Du gehst, um Glanz und Größe zu suchen, will ich Dir als dein Sklave dienen. Glücklich in deinem Glück, werde ich in den Palästen, in welchen ich Dich verehrt und angebetet sehe, mich noch reich und vornehm genug denken, um Dir das größte aller Opfer zu bringen, um zu deinen Füßen zu sterben.«

Lautes Schluchzen erstickte seine Stimme, und wir hörten nun, wie *Virginie* unter vielen Seufzern ihm antwortete: »Nur für Dich reise ich ab... .. Für Dich, den ich täglich unter der Last der Arbeit niedergebeugt sehe, um zwei arme Familien zu erhalten. Wenn ich die Gelegenheit ergreife, reich zu werden, so geschieht es nur, um Dir das Gute, das Du uns gethan hast, tausendmal zu vergelten; gibt es denn ein Glück, das deiner Freundschaft entspräche? Was sprichst Du von deinem Stande? Ach! wenn ich mir einen Bruder geben könnte, würde ich wohl einen andern wählen, als Dich? O *Paul! Paul!* Du bist mir weit theurer als ein Bruder! Wie schwer ist es mir geworden, Dich von mir zu entfernen! Ich wollte nur, daß Du mir helfen solltest, mich von mir selbst zu trennen, bis der Himmel unsere Verbindung segnet. Aber jetzt will ich bleiben, ich will abreisen, ich will leben, ich will sterben: mache mit mir, was du willst. O ich tugendloses Mädchen! deinen Liebkosungen habe ich widerstehen können, deinen Schmerz kann ich nicht ertragen!«

Auf diese Worte schloß sie *Paul* in seine Arme, drückte sie fest an seine Brust und rief mit schrecklicher Stimme: »Ich reise mit Dir, nichts soll mich von Dir trennen!« Wir liefen Alle hinzu, und Frau von *Latour* sagte zu ihm: »Mein Sohn! wenn Du uns verlässest, was soll aus uns werden?«

Ich sah ihn zittern, als er die Worte wiederholte. »Mein Sohn... Mein Sohn... Sie meine Mutter!« sagte er, »Sie, die Sie den Bruder von der Schwester trennen! Wir haben alle Beide Ihre Milch getrunken, wir sind Beide auf Ihrem Schooße groß gewachsen und haben von Ihnen uns lieben gelernt; wir haben es uns Beide tausendmal gesagt, und jetzt entfernen Sie sie von mir! Sie schicken sie nach Europa, in dieses Barbarenland, das Ihnen einen Zufluchtsort versagte, zu grausamen Verwandten, die Sie hülflos gelassen haben! Sie werden zu mir sagen: Du hast keine Rechte mehr an sie, sie ist nicht deine Schwester. Ach! sie ist mein Alles, sie ist mein Reichthum, meine Familie, mein Stand und all mein Gut. Ich kenne kein anderes, als sie! Wir hatten *Ein* Dach und *Eine* Wiege, wir wollen auch nur *Ein* Grab haben. Wenn sie abreist, so muß ich ihr folgen. Kann mich der Gouverneur daran hindern, wenn ich mich in's Meer stürze? Ich werde ihr schwimmend folgen; das Meer kann mir nicht unheilvoller seyn, als das Land. Wenn ich hier nicht bei ihr leben kann, so will ich wenigstens fern von Ihnen unter ihren Augen sterben. Grausame Mutter! Mitleidlose Frau! Möge der Ocean, dem Sie sie Preis geben, sie Ihnen nie wieder bringen! Mögen die Wellen, die Ihnen meine Leiche vor die Füße spielen, sie mit der ihrigen in den Sand des Ufers begraben und Ihnen durch den Verlust Ihrer beiden Kinder ewigen Schmerz bereiten!«

Auf diese Worte faßte ich ihn in meine Arme, denn die Verzweiflung hatte ihn seiner Sinne beraubt. Seine Augen funkelten; der Schweiß floß in dicken Tropfen über sein flammendes Gesicht; seine Kniee zitterten und ich fühlte die heftigen Schläge seines Herzens in der kochenden Brust.

Voll Angst sagte *Virginie* zu ihm: »O mein Freund! bei den Freuden unserer Kindheit, bei deinen und meinen Schmerzen, bei Allem, was zwei Unglückliche auf ewig an einander ketten muß, wenn ich bleibe, so lebe ich nur für Dich; wenn ich abreise, so geschieht es nur, um nach meiner Rückkehr Dir anzugehören. Ich rufe euch Alle zu Zeugen auf, euch, die ihr meine Kindheit geleitet, die ihr über mein Leben verfüget und meine Thränen sehet. Ich schwöre es bei dem Himmel, der mich hört, bei diesem Meer, das ich durchfahren soll, bei der Luft, die ich athme und die ich nie mit einer Lüge befleckt habe!«

Wie die Sonne einen Eisblock auf dem Gipfel der Apenninen zerschmelzen macht und herabstürzt, so verging der ungestüme Zorn des Jünglings, als er die Stimme der Geliebten hörte. Sein trotziges Haupt senkte sich und ein Strom von Thränen stürzte ihm aus den Augen. Seine Mutter vermischte ihre Thränen mit den seinigen und hielt ihn sprachlos in ihren Armen. Frau von *Latour* war außer sich und rief: »Nein, das ertrage ich nicht; meine Seele ist zerrissen! Diese unglückselige Reise soll nicht statt haben. Lieber Nachbar, nehmen Sie meinen Sohn mit sich. Schon seit acht Tagen hat Niemand von uns ein Auge geschlossen.«

Ich sagte zu *Paul*: »Mein Freund! deine Schwester wird bleiben. Morgen wollen wir mit dem Gouverneur sprechen; laß deine Familie heute ruhen und komm diese Nacht mit mir. Es ist schon spät; es ist Mitternacht, das Sternbild des Kreuzes steht gerade am Horizont.«

Ohne ein Wort zu erwidern, ging er mit mir, und nach einer sehr unruhigen Nacht stand er mit Anbruch des Tages auf und kehrte nach seiner Wohnung zurück.

Aber wozu soll ich Ihnen diese Geschichte noch weiter erzählen? Es gibt nur Eine glückliche Seite im menschlichen Leben. Gleich der Erdkugel, die wir bewohnen, ist auch unser Dasein ein tagtäglicher Umschwung, und während die eine Seite dieses Tages Licht empfängt, hüllt sich die andere in Finsterniß.

»Mein Vater,« sagte ich zu ihm, »ich beschwöre Euch, vollendet Eure Erzählung, deren Anfang mich im Innersten ergriffen hat. Die Bilder des Glücks gefallen uns, aber die des Unglücks dienen zu unserer Belehrung. Ich bitte Euch, was wurde aus dem unglücklichen *Paul?*«

Das Erste, was *Paul* bei seiner Ankunft in der Nähe der Hütte erblickte, war die Negerin *Marie*, die auf einem Felsen stand und nach dem Meere hinsah. Sobald er sie bemerkte, rief er ihr zu: »Wo ist *Virginie?*« *Marie* wandte sich nach ihrem jungen Gebieter um und fing an zu weinen. Ganz außer sich, rannte *Paul* dem Hafen zu. Dort erfuhr er, *Virginie* habe sich mit Tages Anbruch eingeschifft, das Schiff sey sogleich unter Segel gegangen und man sehe es nicht mehr. Er kam zur Wohnung zurück und sprach mit keinem Menschen ein Wort.

Obgleich der Felsenwall hier hinter uns beinahe senkrecht erscheint, so sind doch die grünen Terrassen, die seine Abhänge durchschneiden, eben so viele Etagen, durch welche man vermittelst steiler Fußwege an seinen jähen und unzugänglichen Felsenkegel kommt, den man den »Daumen« nennt. Am Fuße dieses Felsen ist eine mit großen Bäumen bedeckte Fläche, so hoch und steil, daß sie einem Walde gleicht, der, von schrecklichen Abgründen umgeben, in der Luft schwebt. Die Wolken, welche den Gipfel des Daumens beständig verhüllen, unterhalten hier mehrere Gießbäche, die auf der andern Seite des Berges von einer so unermeßlichen Höhe herab in das Thal stürzen, daß man nicht einmal das Geräusch ihres Falles hört. Von diesen Höhen sieht man einen großen Theil der Insel mit ihren Bergspitzen, unter andern den Piterboth und die drei Zitzen sammt ihren waldigen Thälern, ferner die hohe See und auch die Insel Bourbon, die vierzig Meilen westlich liegt.

Von hier aus erblickte *Paul* noch einmal das Schiff, das *Virginien* fortführte. Er sah es noch mehr als zehn Meilen weit in der offenen See, wie einen schwarzen Punkt mitten im Ocean. Einen Theil des Tages war er ganz in diese Betrachtung versunken. Es war bereits verschwunden, aber er glaubte es immer noch zu sehen; endlich aber, als es sich ganz in den Nebel der Ferne verloren hatte, setzte er sich an diesem wilden, von ewigen Stürmen bewegten Orte nieder, wo das Sausen des Windes in den Wipfeln der Palmen und Tatamaken fernen verworrenen Orgeltönen ähnlich klingt und wehmüthige Empfindungen im Herzen hervorruft. Hier fand ich ihn, den Kopf gegen den Felsen gestützt und die Augen starr auf die Erde geheftet. Seit Sonnenaufgang war ich nach ihm umhergeirrt, und es kostete mich viele Mühe, ihn zu bewegen, daß er herabstieg und zu seiner Familie ging. Als ich ihn endlich nach Hause gebracht hatte und er Frau von *Latour* wieder sah, so war sein Erstes, daß er in bittere Klagen ausbrach, weil man ihn hintergangen habe. Frau von *Latour* sagte uns, um drei Uhr Morgens habe sich der Wind erhoben, das Schiff sey segelfertig gewesen, und nun sey der Gouverneur mit einem Theile seines Generalstabs und dem Beichtvater gekommen, um *Virginien* in einem Tragsessel abzuholen; trotz ihrer eigenen Vorstellungen, ihrer und *Margarethens* Thränen, habe man ihre Tochter halb todt weggetragen, und Alles habe zusammengerufen, es geschehe ja nur zum Besten der ganzen Familie. »Hätte ich ihr nur wenigstens Lebewohl sagen können,« antwortete *Paul*, »so wäre ich jetzt ruhig. *Virginie!* hätte ich zu ihr gesagt, wenn mir je in meinem Leben ein Wort entfahren ist, das Dich beleidigt hat, o so vergib mir, ehe Du ewig scheidest. Ich hätte zu ihr gesagt: Da es mir nicht vergönnt ist, Dich wieder zu sehen, so lebe wohl, meine theure *Virginie*, lebe wohl! Lebe fern von mir zufrieden und glücklich!« Und als er sah, daß seine Mutter und Frau von *Latour* weinten, sagte er zu ihnen: »Sucht euch jetzt einen Andern, der eure Thränen trockne!« Hierauf entfernte er sich seufzend und irrte im Thale umher. Er ging an alle Plätze, die *Virginien* am liebsten gewesen waren. Zu ihren Ziegen, die ihm mit ihren jungen Böcklein blöckend folgten, sagte er. »Was wollt ihr von mir? Ihr werdet nie mehr Diejenige bei mir sehen, deren Hand euch zu essen gab.« In *Virginiensruhe* rief er den Vögeln, die um ihn herum flatterten, zu: »Arme Vögel! nie werdet ihr Derjenigen mehr entgegen hüpfen, die eure gute Pflegerin war!« Wenn er Fidel erblickte, der überall umher roch und suchend vor ihm her lief, so seufzte er. »O! du wirst sie nie wieder finden.« Endlich setzte er sich auf den Felsen, wo er in der letzten Nacht mit ihr gesprochen hatte, und beim Anblick des Meeres, wo er das Schiff, das sie ihm entführte, verschwinden gesehen hatte, weinte er bitterlich.

Indessen folgten wir ihm Schritt für Schritt, da von seiner heftigen Gemüthsbewegung Alles zu fürchten war. Seine Mutter und Frau von *Latour* baten ihn in den rührendsten Ausdrücken: er möchte ihren Schmerz nicht durch seine Verzweiflung vermehren. Endlich gelang es der Letzteren, ihn zu beruhigen, indem sie ihn mit Namen belegte, die allein geeignet waren, seine Hoffnungen auf's Neue zu beleben. Sie nannte ihn ihren Sohn, ihren lieben Sohn, ihren Schwiegersohn, denjenigen, für den sie ihre Tochter bestimmt habe. Sie bat ihn, in's Haus zu kommen und einige Nahrung zu sich zu nehmen. Er setzte sich mit uns zu Tische, dicht neben der Stelle, wo die Gespielin seiner Kindheit zu sitzen pflegte, und immer noch mit ihr allein beschäftigt, redete er sie an und reichte ihr die Speisen hin, von denen er wußte, daß sie ihr die liebsten waren; wenn er aber dann seines Irrthums gewahr wurde, so stürzten ihm Thränen aus den Augen. An den folgenden Tagen sammelte er Alles, was zu ihrem Privatgebrauch gedient hatte, die letzten Blumensträuße, die sie getragen, eine Schale aus Cocos, aus der sie gewöhnlich getrunken, und gleich als wären diese Reliquien seiner Geliebten die kostbarsten Dinge von der Welt, küßte er sie und drückte sie an sein Herz. Der Ambra verbreitet keinen so süßen Wohlgeruch, als solche Gegenstände, wenn sie die Hand der Geliebten geweiht hat. Endlich als er sah, daß sein Kummer den der Seinigen nur vermehrte, und daß die Bedürfnisse der Familie seine Arbeit erheischten, fing er an mit *Domingo* den Garten wieder herzustellen.

Bald bat mich dieser Jüngling, der bisher wie ein Kreole gegen Alles, was in der Welt vorging, gleichgültig gewesen war, ich möchte ihn lesen und schreiben lehren, damit er mit *Virginien* einen Briefwechsel unterhalten könne. Er verlangte auch Unterricht in der Geographie, um sich einen Begriff von dem Lande machen zu können, wohin sie gereist war, und in der Geschichte, um die Sitten des Volkes kennen zu lernen, unter dem sie leben sollte. So hatte ihm die Liebe auch Lust zum Ackerbau eingeflößt und ihn die Kunst gelehrt, den ungeeignetsten Boden in einen anmuthigen umzuschaffen. Den Genüssen, welche diese glühende und nimmerruhende Leidenschaft sich vorsetzt, haben die Menschen ohne Zweifel die meisten Wissenschaften und Künste zu verdanken, und aus ihren Entbehrungen ist die Philosophie entstanden, welche lehrt, sich über Alles zu trösten. So hat die Natur, indem sie die Liebe zu dem alle Wesen verknüpfenden Bande machte, sie zugleich zur ersten Triebfeder der menschlichen Gesellschaft erhoben, und zu einem Sporn zu höheren Einsichten und Freuden.

Paul fand wenig Geschmack am Studium der Geographie, die uns nur die politischen Einteilungen der Länder darbietet, statt ihre Natur zu schildern. Auch die Geschichte, namentlich die neuere, interessirte ihn nicht sehr. Er sah darin nichts als ein allgemeines und periodisches Elend, dessen Ursachen er nicht kannte, Kriege ohne Veranlassung und Zweck, finstere Ränke, charakterlose Völker und unmenschliche Fürsten. Weit lieber las er Romane, die sich mehr mit den Empfindungen und Interessen der Menschen beschäftigen, und worin er zuweilen Lagen fand, die seiner eigenen ähnlich waren. Kein Buch machte ihm mehr Vergnügen, als Telemach mit seinen Schilderungen des Landlebens und der Leidenschaften, die dem menschlichen Herzen angeboren sind. Er las seiner Mutter und Frau von *Latour* die Stellen vor, die ihn am meisten ansprachen: dann aber pflegten rührende Erinnerungen in ihm aufzusteigen, seine Stimme stockte und seine Augen füllten sich mit Thränen. Es war ihm, als fände er in *Virginien* die Würde und Weisheit Antiopens mit dem Unglück und der Zärtlichkeit der Eucharis vereinigt. Dagegen wurde er durch die neueren Mode-Romane mit ihrer lockeren Moral ganz irre gemacht, und als er erfuhr, daß dieselben eine wahrheitsgemäße Schilderung der europäischen Sitten enthielten, so fürchtete er nicht ohne scheinbaren Grund, auch *Virginie* möchte verdorben werden und ihn vergessen.

Es waren in der That bereits mehr als anderthalb Jahre verflossen, ohne daß Frau von *Latour* Nachrichten von ihrer Tante und ihrer Tochter erhalten hatte: sie hatte nur zufällig erfahren, daß Letztere glücklich in Frankreich angekommen sey. Endlich aber brachte ein Schiff, das nach Indien ging, ein Paket und einen Brief von *Virginiens* eigener Hand. So vorsichtig und schonungsvoll das liebenswürdige Kind sich auch darin ausdrückte, so sah ihre Mutter doch daraus, daß sie sehr unglücklich seyn mußte. Dieser Brief schilderte ihre Lage so deutlich und charakterisiert die Verfasserin so genau, daß ich ihn beinahe Wort für Wort behalten habe.

Theuerste, geliebteste Mutter!

»Ich habe Ihnen schon mehrere Briefe mit eigener Hand geschrieben; da aber nie eine Antwort gekommen ist, so muß ich fürchten, daß Sie dieselben nicht erhalten haben. Hoffentlich wird es diesem hier besser ergehen, denn nach den Maßregeln, die ich getroffen habe, denke ich Ihnen mit Sicherheit schreiben und Ihre Briefe erhalten zu können.

»Ich habe seit unserer Trennung viele Thränen vergossen, ich, die ich sonst nur über fremde Leiden geweint hatte! Meine Großtante war bei meiner Ankunft sehr überrascht, als sie mich nach meinen Talenten ausfragte, und ich ihr sagte, daß ich weder lesen noch schreiben könnte. Sie fragte, was ich denn gelernt habe, seitdem ich auf der Welt sey? und als ich ihr antwortete, ich verstehe eine Haushaltung zu führen und Ihren Willen zu befolgen, so erklärte sie, dieß sey die Erziehung für eine Magd. Gleich am andern Tag schickte sie mich in ein großes Kloster bei Paris in Pension, und hier habe ich Lehrer aller Art. Unter Anderm lehrt man mich Geschichte, Geographie, Grammatik, Mathematik und auch Reiten; aber ich habe für alle diese Wissenschaften so wenig Sinn, daß ich bei diesen Herren nicht viel profitiren werde. Ich fühle, daß ich ein armes Geschöpf bin und wenig Geist besitze, wie sie mir auch zu verstehen geben. Indeß erkaltet deßwegen das Wohlwollen meiner Tante nicht. Sie schenkt mir zu jeder Jahreszeit neue Kleider, auch hat sie mir zwei Kammerfrauen gegeben, die so geputzt sind wie große Damen. Ich habe den Titel Gräfin annehmen, aber meinen Namen Latour ablegen müssen, der mir so theuer war, als Ihnen, durch Alles, was Sie mir von den Leiden und Kämpfen erzählt haben, die mein Vater bestehen mußte, um Sie zu heirathen. Sie hat mir statt Ihres Frauennamens Ihren Familiennamen gegeben, der mir ebenfalls theuer ist, da Sie ihn als Mädchen führten. Da ich mich in einer so glänzenden Lage sah, so habe ich sie gebeten, Ihnen einige Unterstützung zu schicken. Wie soll ich Ihnen ihre Antwort mittheilen! Doch Sie haben mich gelehrt, immer die Wahrheit zu sagen. Sie gab mir nämlich zur Antwort: wenig würde Ihnen nichts helfen und viel würde Sie bei dem einfachen Leben, das Sie führen, nur belästigen. Ich wollte Ihnen im Anfang durch fremde Hand Nachrichten von mir zukommen lassen, weil ich selbst noch nicht schreiben konnte; da ich aber Niemand hatte, dem ich vertrauen konnte, so habe ich mir Tag und Nacht Mühe gegeben, lesen und schreiben zu lernen. Gott hat mir die Gnade geschenkt, daß ich in kurzer Zeit damit zu Stande kam. Meine ersten Briefe habe ich den Frauen, die um mich sind, zur Besorgung übergeben, aber ich fürchte, sie haben sie meiner Großtante gebracht. Dießmal habe ich eine junge Freundin, die auch hier in Pension ist, darum gebeten, und unter ihrer unten bemerkten Adresse bitte ich Sie, Ihre Antworten an mich abgehen zu lassen. Meine Großtante hat mir allen Briefwechsel nach Außen untersagt, weil er, wie sie meint, den großen Absichten, die sie mit mir hat, hinderlich seyn könnte. Niemand als sie allein und ein alter Herr aus ihrer Bekanntschaft sprechen mich am Gitter; Letzterer soll, wie sie mir sagt, viel Geschmack an mir finden. Um die Wahrheit zu sagen, er gefällt mir gar nicht, wenn mir überhaupt noch jemand gefallen könnte.

»Ich lebe hier mitten im Glanze des Reichthums und kann über keinen Sou verfügen. Man sagt, es wäre nachtheilig, wenn ich Geld hätte. Selbst meine Kleider gehören meinen Kammerfrauen, die sich darum streiten, noch ehe ich sie abgelegt habe. Im Schoße des Reichthums bin ich ärmer als ich bei Ihnen war, denn ich habe nichts zu verschenken. Als ich sah, daß die großen Talente, die man mich lehren will, mir nicht einmal die Mittel verschafften, das

Geringste Gute zu thun, so nahm ich meine Zuflucht zur Nadel, deren Gebrauch Sie mich glücklicherweise gelehrt haben. Ich schicke Ihnen hier einige Paar Strümpfe von meiner Arbeit für
Sie und Mutter *Margarethe*, eine Mütze für *Domingo* und eines meiner rothen Taschentücher
für *Marie*. Zugleich finden Sie ein Paket Obstkerne von verschiedener Art, die ich gesammelt,
nebst allerlei Baumsamen, die ich in meinen Erholungsstunden im Klostergarten aufgelesen
habe. Es liegen auch Samen von Veilchen, Maßlieben, Hahnenfüßen, Klatschrosen und Skabiosen bei, die ich auf den Feldern sammelte. Auf den Wiesen hier zu Lande wachsen schönere
Blumen als auf den unsern, aber Niemand bekümmert sich darum. Ich bin überzeugt, daß Sie
und Mutter *Margarethe* an diesem Beutel mit Samenkernen mehr Freude haben werden, als an
dem mit Piastern, der die Ursache unserer Trennung und meiner Thränen war. O wie würde
ich mich freuen, wenn Sie einmal das Vergnügen haben könnten, Aepfelbäume neben unsern
Bananas und Buchen neben unsern Cocosbäumen wachsen zu sehen! Sie würden sich in der
Normandie glauben, die Ihnen so theuer ist.

»Sie haben mir aufgegeben, Ihnen meine Freuden und Leiden mitzuteilen. Ich habe keine
Freuden mehr, seit ich von Ihnen entfernt bin; meine Leiden aber versüße ich mir durch den
Gedanken, daß ich auf einem Posten bin, wohin Sie mich nach Gottes Willen geschickt haben.
Mein allergrößter Schmerz ist, daß ich hier Niemand habe, mit dem ich von Ihnen sprechen
könnte. Meine Kammerfrauen oder vielmehr die Kammerfrauen meiner Großtante, denn sie
dienen mehr ihr als mir, sagen, so oft ich das Gespräch auf Gegenstände lenken will, die mir
so theuer sind: »Mein Fräulein, Sie müssen bedenken, daß Sie Französin sind; vergessen Sie
jetzt das Land der Wilden!« Ach! eher würde ich mich selbst vergessen, als den Ort, wo ich
geboren wurde, und wo Sie leben! Das Land hier ist für mich ein Land der Wilden; denn ich
lebe allein und habe Niemand, den ich an der Liebe Theil nehmen lassen könnte, womit Ihnen,
theuerste, geliebteste Mutter, auf ewig zugethan ist

Ihre gehorsame und zärtliche Tochter

Virginie von Latour.

>»Ich empfehle Ihrer Güte noch *Marie* und *Domingo*, die mich in meiner Kindheit so
>treulich pflegten. Liebkosen Sie in meinem Namen auch Fidel, der mich im Walde
>wieder gefunden hat.«

Paul war sehr erstaunt, daß *Virginie* seiner mit keinem Worte gedachte, sie, die selbst den Haushund nicht vergessen hatte: er wußte nicht, daß die Frauen, wenn sie auch noch so lange Briefe
schreiben, ihre liebsten Gedanken immer erst zuletzt bringen.

Denn in einer Nachschrift, die bloß für *Paul* bestimmt war, empfahl *Virginie* ihm zweierlei
Samen: den der Veilchen und der Skabiosen. Sie gab ihm einigen Unterricht über die Art dieser
Gewächse und die Orte, wo sie am besten gedeihen. »Das Veilchen,« schrieb sie, »treibt eine
kleine dunkelviolette Blume, die sich gerne im Grase verbirgt; aber ihr köstlicher Geruch verräth
sie bald.« Sie wies ihn an, dieselbe an den Rand der Quelle und an den Fuß ihres Cocosbaumes
zu pflanzen. »Die Skabiose,« setzte sie hinzu, »gibt eine schöne blaßblaue Blume, die einen
schwarzen mit weißen Punkten gezierten Kelch hat. Man sollte glauben, sie traure: sie wird
deswegen auch Wittwen-Blume genannt. Sie gefällt sich an rauhen luftigen Orten.« Sie bat
ihn, dieselbe auf den Felsen zu säen, wo sie ihn bei Nacht zum letzten Male gesprochen hatte,
und diesem Felsen ihr zu Liebe den Namen *Abschiedsfelsen* zu geben.

Ein von *Virginiens* eigner Hand gestricktes Beutelchen verschloß diese Sämereien. Es war
zwar sehr einfach, hatte aber für *Paul* unschätzbaren Werth, denn er bemerkte daß darauf ein
P und ein V in einander verschlungen waren, und zwar aus Haaren, die er an ihrer Schönheit
sogleich für die *Virginiens* erkannte.

Die ganze Familie weinte über diesen Brief des gefühlvollen und tugendhaften Mädchens.
Ihre Mutter antwortete ihr im Namen Aller, es stehe ganz in ihrem Belieben, ob sie bleiben
oder zurückkehren wolle. Zugleich versicherte sie ihr, daß sie Alle, seit ihrer Abreise, den besten
Theil ihres Glücks verloren haben, und daß besonders sie selbst untröstlich sey.

P *aul* schrieb ihr einen sehr langen Brief, worin er versprach, daß er den Garten ihrer würdig herstellen werde: die europäischen Pflanzen sollen sich darin mit den afrikanischen vermischen, wie sie in dem Beutelchen ihren und seinen Namen in einander verschlungen habe. Er schickte ihr vollkommen reife Cocosnüsse von den Bäumen an ihrem Teich; Sämereien von der Insel aber, schrieb er, lege er absichtlich nicht bei, damit der Wunsch, ihre Erzeugnisse wieder zu sehen, sie zur baldigen Rückkehr bestimmen möchte. Er bat sie, sobald als möglich das heiße Verlangen der Familie, und besonders sein eigenes, zu erfüllen, da es fern von ihr keine Freude für ihn gebe.

Paul säete mit der größten Sorgfalt den enropäischen Samen, besonders die Veilchen und Skabiosen, deren Blüthen einige Aehnlichkeit mit dem Charakter und der Lage *Virginiens* zu haben schienen, welche sie ihm so angelegentlich empfohlen hatte. Aber sey es, daß der Samen auf der Ueberfahrt verdorben war, oder daß das Klima dieses Theils von Afrika ihm nicht zusagte, es gingen nur wenige auf, und auch diese gelangten nicht zur Vollkommenheit.

Indeß verbreitete der Neid, der besonders in den französischen Colonien manchmal sogar vor dem Glücke sich regt, Gerüchte auf der Insel, die *Paul* gewaltig beunruhigten. Die Mannschaft des Schiffes, das *Virginiens* Brief mitgebracht hatte, versicherte, sie sey im Begriff, sich zu verheirathen. Sie nannten den vornehmen Herrn vom Hofe, der sie heimführen sollte, mit Namen. Einige sagten sogar, es sey bereits geschehen, und wollten bei der Trauung selbst zugegen gewesen seyn. Im Anfang achtete *Paul* nicht auf solche Nachrichten von Handelsschiffen, die gar häufig überall, wo sie durchkommen, falsche Gerüchte in Umlauf setzen. Als aber mehrere Bewohner der Insel aus schadenfrohem Mitleid zu ihm kamen und ihn beklagten, so fing er an, der Sache einigen Glauben zu schenken. Dazu kam, daß er in einigen Romanen gelesen hatte, wie Wortbrüchigkeit nur scherzhaft behandelt wurde, und da er wußte, daß diese Bücher ziemlich getreue Schilderungen der europäischen Sitten enthielten, so fürchtete er, die Tochter der Frau von *Latour* möchte ebenfalls verdorben worden seyn und ihre alten Verbindlichkeiten vergessen haben. Schon machte ihn seine Aufklärung unglücklich, und was seine Besorgnisse noch vermehrte, war, daß binnen sechs Monaten mehrere Schiffe aus Europa kamen, ohne daß ein einziges Nachrichten von *Virginien* brachte.

Der unglückliche Jüngling, dessen Herz auf's grausamste bewegt war, kam oft zu mir, um durch meine Welterfahrung seine Unruhe zu begründen oder zu verscheuchen.

Ich wohne, wie gesagt, anderthalb Meilen von hier, am Ufer eines kleinen Flusses, der sich längs des langen Berges hinzieht. Dort lebe ich ganz allein, ohne Frau, ohne Kinder und ohne Sklaven.

Außer dem seltenen Glück, eine Lebensgefährtin zu finden, von der man vollkommen verstanden wird, ist das Loos Desjenigen, der allein lebt, gewiß das am wenigsten unglückliche. Jedermann, dem die Menschen viel Veranlassung gegeben haben, sich über sie zu beklagen, sucht die Einsamkeit. Es ist sogar sehr merkwürdig, daß alle Völker, die durch Meinungen, Sitten und Regierungsformen unglücklich wurden, zahlreiche Klassen von Bürgern hervorgebracht haben, die ein einsames, eheloses Leben führten. So war es bei den Egyptern zur Zeit ihres Verfalls, bei den Griechen unter ihren Kaisern, und so ist es noch heutigen Tags bei den Hindus, den Chinesen, den Neugriechen, den Italienern und den meisten östlichen und südlichen Völkern Europa's. Die Einsamkeit führt den Menschen gewissermaßen zu dem von der Natur ihm angewiesenen Glücke zurück, indem sie ihn dem Elende der bürgerlichen Gesellschaft entzieht. Unter diesen bürgerlichen Gesellschaften, die durch so viele Vorurtheile getrennt werden, ist die Seele in beständiger Aufregung; unaufhörlich von tausend störenden und sich widersprechenden Meinungen hin und her geworfen, liegt sie in ewiger Fehde mit denen einer ehrsüchtigen und elenden Menge. In der Einsamkeit dagegen entäußert sie sich dieser fremdartigen störenden Täuschungen, und der Geist gewinnt wieder das ursprüngliche reine Bewußtsein seiner selbst, der Natur und seines Schöpfers. Er gleicht dem Strome, der die Felder verwüstet und sein eigenes Wasser trübt, bis er sich endlich in ein abgelegenes Bett sammelt, die fremden Theile von sich ausstößt, seine ursprüngliche Klarheit und Durchsichtigkeit wieder gewinnt, und das Grün der Erde und den strahlenden Glanz des Himmels auf seine Ufer zurückspiegelt.

Die Einsamkeit stellt sowohl die Harmonie des Körpers als der Seele wieder her. Unter der Klasse der Einsiedler finden wir diejenigen Menschen, die ihr Leben am höchsten bringen, wie z. B. die Brahminen Indiens. Kurz, ich halte sie für so nothwendig selbst zum Glücke in der Welt, daß es mir unmöglich scheint, irgend ein dauerndes Vergnügen, welcher Art es auch sey, zu genießen, oder sich eine feste und bestimmte Norm des Handelns vorzusetzen, wenn man nicht wenigstens eine innere Einsamkeit zu erlangen weiß, aus welcher die eigene Meinung selten heraus, und in welche eine fremde niemals hineintritt. Gleichwohl will ich nicht behaupten, daß der Mensch durchaus allein leben soll: er ist durch seine Bedürfnisse dem ganzen Menschengeschlecht verpflichtet, folglich auch schuldig, seine Arbeiten den Menschen wieder zu widmen; ja, er ist sich selbst auch der übrigen Natur schuldig. Wie aber Gott Jedem von uns Organe gegeben hat, die den Elementen des Planeten, auf dem wir leben, vollkommen angemessen sind, Füße für den Boden, die Lunge für die Luft, die Augen für das Licht, ohne daß wir den Gebrauch dieser Sinne verändern oder verkehren könnten, so hat Er, der Schöpfer des Lebens, das vornehmste Organ desselben, das Herz, sich allein vorbehalten.

Ich verlebe auf diese Art meine Tage fern von den Menschen, denen ich dienen wollte und die mich dafür verfolgt haben. Nachdem ich einen großen Theil Europas und einige Striche Amerika's und Afrika's durchzogen, habe ich mich auf dieser wenig bewohnten Insel niedergelassen, angelockt durch ihr mildes Klima und ihre einsamen Plätze. Eine Hütte, die ich im Wald am Fuße eines Baumes gebaut, ein Stückchen Feld, das ich mit eigenen Händen urbar gemacht, und ein Bach, der vor meiner Thüre hinfließt, ist Alles, was ich zu meines Leibes Nothdurft und zu meinen Vergnügungen bedarf. Zu diesen Genüssen habe ich noch den einiger guten Bücher gefügt, die mich lehren, besser zu werden. Ihnen danke ich's, daß selbst die Welt, die ich verlassen habe, noch zu meinem Glücke beiträgt: denn sie stellen mir Gemälde jener Leidenschaften auf, wodurch sich die Erdenbewohner so unglücklich machen, und verschaffen mir durch die Vergleichung, die ich zwischen ihrem und meinem Schicksal anstelle, wenigstens den Genuß eines negativen Glücks. Wie Einer, der sich vom Schiffbruch auf einen Felsen gerettet hat, sehe ich aus meiner Einsamkeit auf die Stürme herab, welche die übrige Welt durchtoben. Das ferne Tosen des Ungewitters macht mir meine Ruhe doppelt angenehm. Seitdem die Menschen nicht mehr auf meinem Wege sind und ich nicht mehr auf dem ihrigen, hasse ich sie nicht mehr, sondern beklage sie bloß. Wenn mir ein Hülfsbedürftiger begegnet, so suche ich ihm mit meinem Rathe an die Hand zu gehen, wie ein am Ufer eines Flusses Wandelnder dem Unglücklichen, der im Begriff ist zu ertrinken, die Hand reicht. Aber ich habe immer nur die Unschuld bereit gefunden, auf meine Stimme zu achten. Die Natur ruft umsonst die Menschen zu sich; Jeder entwirft sich ein besonderes Bild von ihr und bekleidet es mit seinen eigenen Leidenschaften. Er verfolgt das eitle Phantom, das ihn irre führt, sein ganzes Leben lang, und klagt zuletzt den Himmel an wegen Täuschungen, die nur er selbst geschaffen hat. Unter einer großen Zahl Unglücklicher, die ich zuweilen zur Natur zurückzuführen versuchte, habe ich keinen einzigen gefunden, der nicht von seinem eigenen Elend berauscht gewesen wäre. Sie hörten mich im Anfang mit Aufmerksamkeit an, in der Hoffnung, ich würde ihnen behülflich seyn, das, was sie Ehre oder Glück nannten, zu erlangen; sobald sie aber sahen, daß ich ihnen nur die Entbehrlichkeit desselben beweisen wollte, so hielten sie mich selbst für unglücklich, weil ich nicht ebenfalls nach ihrem elenden Glücke rannte. Sie tadelten mein einsames Leben, behaupteten, nur sie allein seyen ihren Mitmenschen nützlich, und suchten mich ebenfalls in ihren Strudel zu ziehen. Aber wenn ich mich auch Jedermann mittheile, so gebe ich mich Niemanden ganz hin. Oft bin ich mir selbst genug, um mir eine Lehre zu geben. In meiner gegenwärtigen Ruhe lasse ich die früheren Aufregungen und Stürme meines eigenen Lebens, denen ich so großen Werth beigelegt hatte, auf's Neue an mir vorüber gehen: den Schutz der Großen, den Reichthum, die Ehre, die Wollüste und die Meinungen, die sich auf der ganzen Erde bekämpfen. Ich vergleiche so viele Menschen, die ich wüthend um diese Truggebilde streiten sah, und die nicht mehr sind, mit den Wellen meines Baches, die sich schäumend an den Felsen seines Bettes brechen und verschwinden, um nie wieder zu kehren. Ich selbst lasse mich vom Strome der Zeit friedlich dem uferlosen Ocean der Unendlichkeit entgegentragen, und durch die Betrachtung der sichtbaren Harmonien der Natur erhebe ich mich zu ihrem Schöpfer und hoffe in einer anderen Welt ein glücklicheres Loos.

KAPITEL 5

Ungeachtet meine Einsiedelei, die mitten in einem Walde liegt, nicht die großartige und mannigfaltige Aussicht gewährt, wie die Anhöhe, aus der wir uns gegenwärtig befinden, so bietet sie doch auch manches Interessante, zumal für einen Mann wie ich, der sich lieber in sich selbst zurückzieht, als nach Außen ausbreitet. Das Flüßchen, das an meiner Thüre vorüberrauscht, zieht in gerader Linie durch den Wald und bildet einen langen, von dichtem Laubwerk beschatteten Kanal. Es wachsen hier Tatamaken, Ebenholz und diejenige Baumart, die man hier zu Lande Apfelholz nennt, ferner Oliven- und Zimmtbäume. Gruppen von Palmen erheben da und dort ihre nackten, über hundert Fuß langen Stämme, deren Wipfel mit Büscheln von Blättern geziert sind und über die andern Bäume hinwegragen, gleich als wäre ein zweiter Wald auf den Wald gepflanzt. Lianen aller Art schlingen sich von einem Baume zum andern und bilden hier blumige Bogengänge, dort lange Gehänge von Laubwerk. Die meisten dieser Bäume geben aromatische Gerüche, und ihr Duft setzt sich in den Kleidern so fest, daß man daran oft nach mehrern Stunden noch erkennt, wer durch den Wald gegangen ist. In der Blüthenzeit würden Sie glauben, Schnee bedecke den Hain. Gegen Ende des Sommers kommen mehrere Arten fremder Vögel, durch einen unbegreiflichen Instinkt getrieben, aus unbekannten Gegenden über das weite Meer her, um die Samenkörner dieser Insel aufzupicken und mit dem Glanz und der Pracht ihres Gefieders das von der Sonne gebräunte Grün dieser Bäume zu beleben. Ich will nur verschiedene Arten Papagaien anführen und die blaue Taube, die wir holländische Taube nennen. Die Affen, die einheimischen Bewohner dieser Wälder, treiben sich auf den dunkeln Aesten herum, von denen sie sich durch ihr graues und grünes Haar und ihr kohlschwarzes Gesicht unterscheiden. Die einen schaukeln sich am Schwanze in der Luft, andere springen mit ihren Jungen im Arme von Zweig zu Zweig. Niemals hat die mörderische Flinte diese friedsamen Kinder der Natur erschreckt. Hier hört man nur den Ruf der Freude, das Zwitschern und die unbekannten Gesänge einiger Vögel aus den Südländern, vom Echo der Wälder in der Ferne wiederholt. Der Fluß, der mitten durch den Wald über sein Felsenbett dahin rauscht, spiegelt in seinen klaren Fluten da und dort diese ehrwürdigen Bäume mit ihrem schattigen Grün und die Spiele ihrer glücklichen Bewohner zurück. Tausend Schrate davon stürzt er sich über verschiedene Felsengehänge und bildet einen krystallhellen Wasserfall, der sich in schäumenden Brudel bricht. Ein dumpfes Getöse begleitet diesen Fall, und durch die Lüfte in den Wald getragen, ertönt es bald in der Ferne, bald näher, ernst und feierlich wie die Glockentöne einer Kathedrale. Die von der ewigen Bewegung des Wassers stets erfrischte Luft unterhält von den Ufern dieses Flusses trotz der brennenden Sonnenhitze ein Grün und eine Kühle, wie man sie auf dieser Insel selten, selbst auf den Höhen nicht, findet.

In einiger Entfernung von da ist ein Fels, weit genug von dem Wasserfalle hinweg, daß man nicht von seinem Getöse betäubt wird, und doch nahe genug, um den Anblick und die Frische der stürzenden Flut genießen zu können. Im Schatten dieses Felsen speisten wir manchmal während der größten Hitze zu Mittag, Frau von *Latour*, *Margarethe*, *Virginie*, *Paul* und ich. Da *Virginie* bei allen ihren Handlungen, selbst den geringfügigsten, stets auf das Wohl Anderer bedacht war, so aß sie auf dem Felde nie eine Frucht, ohne die Kerne derselben in den Boden zu stecken. »Es können daraus Bäume entstehen,« sagte sie, »deren Früchte vielleicht einen Wanderer oder wenigstens einen Vogel erquicken werden.« Eines Tages, als sie am Fuße dieses Felsen eine Melone gegessen hatte, pflanzte sie die Kerne dieser Frucht dahin. Bald wuchsen mehrere Melonenbäume, worunter auch ein weiblicher, d. h. ein fruchttragender. Dieser Baum reichte *Virginien* kaum an das Knie, als sie abreiste; da er aber sehr schnell wächst, so war er nach zwei Jahren bereits zwanzig Fuß hoch und trug mehrere reife Früchte. Einst kam *Paul* zufällig hierher und war hoch erfreut, als er diesen großen Baum sah, der aus dem kleinen Kern, den seine Geliebte gepflanzt hatte, entstanden war; zugleich aber befiel ihn tiefe Traurigkeit bei diesem Zeugen ihrer langen Abwesenheit. Die Gegenstände, die wir tagtäglich sehen, lassen uns den reissenden Lauf der Zeit nicht gewahr werden, sie altern unmerklich selbst mit uns. aber das, was wir einige Jahre aus dem Auge verloren haben und nun auf einmal wieder erblicken, zeigt uns, wie schnell der Strom unserer Tage dahinfließt. *Paul* war bei dem Anblick dieses großen mit Früchten beladenen Melonenbaumes eben so erstaunt und betroffen, wie ein Reisender, der nach langer Abwesenheit in's Vaterland zurückkehrt und dort seine alten Bekannten nicht mehr trifft, dagegen ihre Kinder, die er an der Brust der Mutter verlassen, selbst Familienväter geworden sieht. Bald wollte er ihn abhauen, weil er ihm die Länge der Zeit, die seit *Virginiens* Abreise verflossen war, gar zu fühlbar machte, bald aber betrachtete er ihn wieder als ein heiliges Denkmal ihres wohlwollenden frommen Sinnes; er küßte den Stamm und richtete an ihn Worte voll Liebe und Sehnsucht. O Baum, dessen Schößlinge noch jetzt in unsern Wäldern grünen, auch ich habe dich mit mehr Rührung und Ehrfurcht betrachtet, als die Triumphbogen der Römer! Möge die Natur, die täglich die Monumente des Ehrgeizes der Könige zerstört, das des frommen Sinnes eines armen jungen Mädchens in unsern Wäldern verewigen!

Unter diesem Melonenbaum traf ich *Paul* gewiß, so oft er in meine Gegend kam. Eines Tags war er besonders traurig und ich hatte mit ihm ein Gespräch, das ich Ihnen erzählen will, wenn meine vielen Abschweifungen Ihnen nicht schon jetzt langweilig sind; Sie müssen sie meinem Alter und den Erinnerungen meiner letzten Freundschaften zu gut halten. Ich gebe es Ihnen als Dialog, damit Sie den guten gesunden Sinn des Jünglings um so besser beurtheilen können. Den Unterschied der redenden Personen werden Sie durch den Inhalt der Fragen und Antworten leicht errathen.

> Er sagte zu mir:

> »Ich bin sehr betrübt. Fräulein von *Latour* ist jetzt schon zwei Jahre und zwei Monate abwesend, und seit acht und einem halben Monat hat sie nichts von sich hören lassen. Sie ist reich; ich bin arm: sie hat mich vergessen. Ich habe Lust, mich auch einzuschiffen und nach Frankreich zu gehen; ich werde dort dem Könige dienen, ich werde mein Glück machen, und die Großtante des Fräuleins von *Latour* wird mir die Tochter ihrer Nichte zur Frau geben, wenn ich ein großer Herr geworden seyn werde.«

DERGREIS

> Lieber Freund! hast Du mir nicht gesagt, daß Du nicht von Stande seyest?

PAUL

> Meine Mutter sagte so, ich weiß aber nicht, was sie damit sagen will. Ich habe nie bemerkt, daß ich weniger Stand hätte, als ein Anderer, oder daß Andere mehr hätten, als ich.

DERGREIS

> Und doch verschließt Dir der Mangel an dem, was man Stand und Geburt nennt, in Frankreich den Weg zu allen Ehrenstellen. Ja, Du kannst nicht einmal in irgend einen höheren und bevorrechteten Stand aufgenommen werden.

PAUL

> Sie haben mir doch selbst oft gesagt, daß Frankreich besonders auch dadurch so mächtig geworden sey, weil dort auch der geringste Unterthan zu allen Ehrenstellen gelangen könne, und Sie haben mir viele berühmte Männer genannt, die aus der Niedrigkeit emporgestiegen und Zierden ihres Vaterlandes geworden sind. Wollten Sie denn meinen Muth täuschen?

DERGREIS

> Nein, mein Sohn! ich werde ihn nie niederschlagen. Was ich Dir sagte, war wahr, aber nur von vergangenen Zeiten. Jetzt hat sich Alles geändert: in Frankreich ist jetzt Alles käuflich, Alles das Eigenthum einer kleinen Anzahl von Familien oder Ständen. Der König ist eine Sonne, welche die Großen und die Stände wie Wolken umhüllen; es ist beinahe unmöglich, daß eine ihrer Strahlen auf Dich fallen kann. Früher, als die Staatsverwaltung noch weniger verwickelt und einfacher war, waren solche Erscheinungen nicht selten. Damals entwickelten sich die Talente und Verdienste von allen Seiten, wie

ein neuer Boden, den man erst urbar macht, mit seinem ganzen Safte treibt. Aber die großen Könige, welche die Menschen zu würdigen und auszuwählen wissen, sind selten. Die Masse der Fürsten folgt nur den Einflüsterungen der Großen und Stände, die sie umgeben.

PAUL

Vielleicht finde ich einen dieser Großen, der sich meiner annimmt.

DERGREIS

Wer von den Großen beschützt werden will, muß ihrem Ehrgeiz und ihren Leidenschaften schmeicheln. Du wirst auf diesem Wege nie dein Glück machen, denn Du bist nicht von Stande und hast ein Gewissen.

PAUL

Ich will mich durch Muth auszeichnen, ich will meinem Worte so treu seyn, so pünktlich in Ausübung meiner Pflichten, so eifrig und so beständig in meiner Freundschaft, daß einer von ihnen mich adoptirt, wie ich dieß in den alten Geschichten, die Sie mir zum Lesen gaben, oft gefunden habe.

DERGREIS

O mein Freund! bei den Griechen und Römern, selbst zur Zeit ihres Verfalls, hatten die Großen noch Achtung vor der Tugend; wir aber haben eine Menge berühmter Männer aus allen Fächern gehabt, die aus dem Volke stammten, und ich weiß keinen Einzigen, der von einem Großen adoptirt worden wäre. Ohne unsere Könige wäre die Tugend in Frankreich verbannt, ewig Plebejerin zu seyn. Wie gesagt, diese bringen sie manchmal zu Ehren, wenn sie sie bemerken; jetzt aber sind die Auszeichnungen, die sonst ihr vorbehalten waren, nur um Geld zu haben.

PAUL

Nun, so will ich einem Stande zu gefallen suchen. Ich werde ganz seinen Geist und seine Ansichten annehmen und mich so bei ihm beliebt machen.

DERGREIS

So willst Du also, wie andere Menschen, dein Gewissen opfern, um zum Glück zu gelangen?

PAUL

O nein, ich werde immer nur der Wahrheit getreu bleiben.

DERGREIS

Dann wirst Du Haß einernten, statt Liebe. Ohnehin bekümmern sich die Stände sehr wenig um die Entdeckung der Wahrheit; den Ehrgeizigen ist jede Meinung gleichgültig, wenn sie nur am Ruder sind.

PAUL

Ach! wie unglücklich bin ich! Alles stößt mich zurück. Ich bin verdammt, mein Leben in niederer Arbeit, fern von *Virginien*, zuzubringen! – und bei diesen Worten seufzte er tief auf.

DERGREIS

Laß Gott deinen einzigen Schützer und die Menschheit den Stand seyn, dem Du dienst! Bleibe beständig diesen beiden getreu: die Familien, die Stände, die Völker, die Könige haben ihre Vorurtheile und ihre Leidenschaften; man muß ihnen oft durch Laster dienen: Gott und die Menschheit verlangen nur Tugenden.

Aber warum willst Du Dich vor andern Menschen auszeichnen? Dieß Verlangen ist nicht in der Natur gegründet, denn wenn alle Menschen so dächten, so müßte jeder mit seinem Nachbar Krieg führen. Begnüge Dich damit, die Stelle, auf welche Dich die Vorsehung gewiesen hat, auszufüllen; segne dein Geschick, das Dir erlaubt, ein Gewissen zu haben, und Dich nicht zwingt, wie die Großen der Erde, dein Glück in die Meinung des Pöbels zu setzen oder, wie der Pöbel, vor den Füßen der Großen zu kriechen, um nur leben zu können. Du lebst in einem Lande und in einer Lage, wo Du, um deinen Unterhalt zu haben, weder zu kriechen noch zu schmeicheln, noch Dich herabzuwürdigen brauchst, wie fast Alle thun müssen, die in Europa ihr Glück suchen; dein Stand verbietet Dir die Ausübung keiner Tugend; Du kannst ungestraft gut, wahrheitsliebend, aufrichtig, unterrichtet, duldsam, mäßig, keusch, nachsichtig und fromm seyn, ohne daß deine Weisheit, die noch in ihrer Blüthe ist, in's Lächerliche gezogen wird. Der Himmel hat Dir Freiheit, Gesundheit, ein gutes Gewissen und Freunde gegeben: die Könige, um deren Gunst Du buhlen willst, sind nicht so glücklich.

PAUL

Ach, mir fehlt *Virginie!* Ohne sie habe ich nichts, mit ihr hätte ich Alles. Sie allein ist mein Stand, mein Ruhm und mein Glück. Aber da ihre Verwandte ihr nun einmal einen Gatten geben will, der einen großen Namen haben soll, so will ich studieren und mich zu einem berühmten Gelehrten ausbilden. Durch meine Gelehrsamkeit werde ich dem Vaterlande nützliche Dienste leisten, ohne Jemand zu beeinträchtigen oder von Jemand abzuhängen: ich werde berühmt werden und mein Ruhm wird nur mir allein gehören.

DERGREIS

Mein Sohn! ausgezeichnete Talente und Kenntnisse sind noch weit seltener als Geburt und Reichthum; und gewiß sind sie weit größere Güter, da Niemand sie uns rauben kann und sie uns überall die allgemeine Hochachtung erwerben. Aber auch sie kommen oft sehr theuer zu stehen. Man erhält sie nur durch Entbehrungen aller Art und durch eine Zartheit des Gefühls, die oft innerlich und äußerlich unglücklich macht, indem sie den Besitzer mehr als jeden Andern den Verfolgungen seiner Zeitgenossen preisgibt. In Frankreich beneidet der Staatsmann den Militär nicht um seinen Ruhm, der Militär nicht den Seemann; aber Alle werden dort deinen Weg durchkreuzen, weil Alle sich einbilden, Geist zu haben. Du sagst, Du wollest den Menschen dienen? O gewiß, Derjenige, der dem Acker eine einzige Garbe mehr entlockt, erweist ihnen einen größeren Dienst, als der, der ihnen ein Buch gibt.

PAUL

O die, die diesen Melonenbaum gepflanzt hat, hat den Bewohnern dieser Wälder ein nützlicheres, freundlicheres Geschenk gemacht, als wenn sie ihnen eine Bibliothek gegeben hätte. – Und er umschlang den Baum und küßte ihn mit Entzücken.

DERGREIS

Das beste aller Bücher, das Buch, das nichts als Gleichheit, Liebe, Menschlichkeit und Eintracht predigt, das Evangelium, hat Jahrhunderte lang den Europäern zum Vorwand ihrer Rasereien dienen müssen. Wie viele öffentliche und geheime Tyranneien werden in seinem Namen noch jetzt auf der Erde begangen! Wer kann sich nach solchen Vorgängen schmeicheln, den Menschen durch ein Buch nützlich zu seyn? Erinnere Dich, welches Schicksal die meisten Philosophen hatten, die ihnen Weisheit predigten. *Homer,* der sie in so schöne Verse gekleidet hat, mußte sein Brod vor den Thüren betteln. *Sokrates,* der den Athenern durch Vorträge und durch eigenes Beispiel so vortreffliche Lehren gab, wurde durch Richterspruch zum Giftbecher verdammt. Sein erhabener Schüler *Plato* wurde auf Befehl desselben Fürsten, der sich für seinen Beschützer ausgab, als Sklave verkauft, und noch vor diesen Beiden wurde *Pythagoras,* dessen Menschlichkeit sich bis auf die Thiere erstreckte, von den Krotoniaten lebendig verbrannt. Was sage ich? die meisten dieser berühmten Namen sind nur durch hämische und satirische Züge entstellt zu uns gekommen, denn der menschliche Undank gefällt sich darin, sie zu verunglimpfen; und wenn unter der großen Masse der Ruhm Einzelner rein und ungetrübt zu uns gelangt ist, so kommt dieß daher, daß die Männer, denen er gebührte, von ihren Zeitgenossen entfernt gelebt haben. So findet man in den Gefilden Griechenlands und

Italiens noch ganze Statuen, die nur dadurch der Wuth der Barbaren entgingen, weil sie im Schoß der Erde begraben waren.

Du siehst also, daß man, um den stürmischen Ruhm der Gelehrsamkeit zu erwerben, viele Tugend haben und sich bereit fühlen muß, sein Leben zu opfern. Glaube übrigens ja nicht, daß die reichen Leute in Frankreich diesem Ruhme einige Bedeutung beilegen. Sie bekümmern sich wenig um die Gelehrten, denen ihr Wissen weder Würden, noch einträgliche Ehrenämter, noch Zutritt bei Hof verschafft. Man ist zwar nicht verfolgungssüchtig in diesem gegen Alles, außer Geld und Genüssen, gleichgültigen Jahrhundert; aber ausgezeichnete Kenntnisse und Tugend führen auch nicht zu Ehren und Rang, denn für Geld ist Alles im Staate käuflich. Ehemals fanden sie sichere Belohnung in verschiedenen geistlichen oder weltlichen Aemtern: heutzutage dienen sie zu nichts, als zum Büchermachen. Aber dennoch ist diese von den Weltleuten wenig geschätzte Frucht immerhin ihres himmlischen Ursprungs würdig. Eben diesen Büchern ist es hauptsächlich vorbehalten, der verborgenen Tugend Glanz zu verleihen, Unglückliche zu trösten, Völker aufzuklären und selbst Königen die Wahrheit zu sagen. Dieß ist ohne Widerrede der erhabenste Beruf, womit der Himmel einen Sterblichen auf Erden beehren kann. Wer wollte sich nicht über die Ungerechtigkeit oder Verachtung Derjenigen, die über sein äußeres Glück entscheiden, trösten, wenn er bedenkt, daß sein Werk von Jahrhundert zu Jahrhundert, von Volk zu Volk dem Irrthum und der Tyrannei Schranken setzen, und daß aus dem Schoße der Dunkelheit, worin er lebte, ein Glanz aufsteigen wird, welcher den der meisten Könige überstrahlt, deren Monumente trotz der Schmeichler, die ihnen Weihrauch streuen, in Vergessenheit untergehen?

PAUL

Ach! ich wünschte diesen Glanz nur, um ihn über *Virginie* auszugießen und sie der ganzen Welt theuer zu machen. Aber Sie, der so Vieles weiß, sagen Sie einmal, ob wir uns heirathen werden. Ich möchte nur deßwegen ein Gelehrter seyn, um wenigstens die Zukunft voraus zu wissen.

DERGREIS

Mein Sohn, wer würde noch leben wollen, wenn er dieß wüßte? Schon ein einziges Unglück, das wir voraussehen, macht uns so vielen unnöthigen Kummer, und vollends die Aussicht auf ein gewisses Unglück würde schon vor seiner Erscheinung jede Stunde vergiften. Man muß selbst das, was uns umgibt, nicht zu sehr ergründen wollen, und der Himmel, der uns Ueberlegungskraft gegeben hat, um für unsere Bedürfnisse zu sorgen, hat uns diese Bedürfnisse gegeben, um unserer Ueberlegung Schranken zu setzen.

PAUL

Mit Geld also, sagen Sie, kann man in Europa Würden und Ehren erlangen. So will ich denn nach Bengalen gehen, um mich dort zu bereichern und dann *Virginie* in Paris zu heirathen. Ich will mich einschiffen.

DERGREIS

Wie! Du wolltest ihre und deine Mutter verlassen?

PAUL

Sie selbst haben mir gerathen, nach Indien zu gehen.

DERGREIS

Damals war *Virginie* noch hier; aber jetzt bist Du die einzige Stütze deiner und ihrer Mutter.

PAUL

Virginie wird sie mit Hülfe ihrer reichen Verwandten schon unterstützen.

DERGREIS

Die Reichen helfen nur Denjenigen, die ihnen Ehre in der Welt machen. Sie haben Verwandte, die oft weit mehr zu beklagen sind, als Frau von *Latour*, Verwandte, die aus Mangel an Unterstützung ihre Freiheit aufopfern, um nur Brod zu haben, und ihr Leben in Kloster-Einsamkeit vertrauern müssen.

PAUL

Welch ein Land ist dieß Europa! O! *Virginie* muß zu uns zurückkommen. Wozu bedarf sie dieser reichen Verwandten? Sie lebte so vergnügt unter diesen Hütten, sie war so hübsch und so schön geputzt mit einem rothen Tuche oder einem Blumenkranz um ihr Haupt! O komm zurück, *Virginie*, verlaß deine stolzen Paläste. Komm zurück in diese Felsen, in den Schatten dieser Wälder und unserer Cocosbäume. Ach, du bist jetzt vielleicht unglücklich!... .. (Dabei fing er an zu weinen.) Mein Vater, verbergen Sie mir nichts; wenn Sie mir nicht sagen können, ob ich *Virginien* zur Frau bekommen werde, so sagen Sie mir wenigstens, ob sie mich noch liebt mitten unter diesen großen Herren, die mit dem Könige sprechen und die sie sehen werden.

DERGREIS

Ja, mein Freund! ich bin überzeugt, daß sie Dich noch liebt, aus mehreren Gründen, besonders aber, weil sie tugendhaft ist. – Bei diesen Worten siel mir *Paul* entzückt um den Hals.

PAUL

Aber sind denn in Europa alle Frauen falsch, wie sie in den Schauspielen und Büchern, die Sie mir geliehen haben, dargestellt werden?

DERGREIS

Die Frauen sind überall falsch, wo die Männer Tyrannen sind. Gewalttätigkeit erzeugt überall List und Betrug.

PAUL

Wie kann man aber gegen Frauen ein Tyrann seyn?

DERGREIS

Wenn man sie verheirathet, ohne nach ihrem eigenen Willen zu fragen, z. B. ein junges Mädchen an einen alten Mann, ein gefühlvolles Wesen an einen Gleichgültigen.

PAUL

Warum verbindet man denn nicht die, die zusammen passen, die Jungen mit den Jungen, die Liebenden mit den Geliebten?

DERGREIS

Weil die meisten jungen Leute in Frankreich nicht Vermögen genug haben, um eine Familie ernähren zu können, und alt werden, ehe sie so viel erhalten. So lange sie jung sind, verführen sie die Frauen ihrer Nachbarn, und alt sind sie nicht mehr im Stande, die Neigung ihrer Gattinnen zu fesseln. In ihrer Jugend haben sie betrogen und im Alter werden sie betrogen. Es ist dieß eine jener Gegenwirkungen der Gerechtigkeit, welche die Welt regiert: ein Vergehen wiegt immer ein anderes Vergehen auf. So bringen die meisten Europäer ihr Leben in dieser doppelten Unordnung zu, und diese Unordnung greift in einem Staate immer mehr um sich, je mehr der Reichthum sich bloß auf die geringere Anzahl von Köpfen beschränkt. Der Staat gleicht einem Garten, wo die kleinen Bäume nicht gedeihen können, wenn mehrere zu große da sind, die sie beschatten; nur mit dem Unterschied, daß die Schönheit eines Gartens mit einer kleinen Anzahl großer Bäume bestehen kann, während das Glück eines Staates immer nur von der Menge und Gleichheit seiner Bewohner, nicht aber von einer kleinen Zahl Reicher abhängt.

PAUL

Warum muß man denn aber reich seyn, wenn man heirathen will?

DERGREIS

Damit man seine Tage im Ueberfluß und mit Nichtsthun zubringen kann.

PAUL

Und warum arbeitet man denn nicht? Ich arbeite gern.

DERGREIS

Weil in Europa die Händearbeit entehrt: man nennt sie mechanische Arbeit, und gerade der Ackerbau ist die verachtetste aller Arbeiten. Ein Handwerker ist weit mehr geschätzt, als ein Bauer.

PAUL

Wie? die Kunst, welche den Menschen ernährt, ist in Europa verachtet! Ich begreife Sie nicht.

DERGREIS

Ein in der Natur aufgewachsener Mensch kann freilich die Schlechtigkeiten der bürgerlichen Gesellschaft nicht begreifen. Er vermag sich zwar einen deutlichen Begriff von der Ordnung zu machen, aber nicht von der Unordnung. Die Schönheit, die Tugend und das Glück beruhen auf richtigen Verhältnissen, die Häßlichkeit, das Laster und das Unglück haben keine Verhältnisse.

PAUL

Die reichen Leute sind also sehr glücklich! Sie finden nirgends Hindernisse und können den Personen, die sie lieben, Vergnügen machen, so viel sie wollen.

DERGREIS

Die meisten von ihnen sind gegen alle Freuden abgestumpft, gerade weil sie ihnen keine Mühe kosten. Hast Du nicht selbst schon die Erfahrung gemacht, daß man sich den Genuß der Ruhe durch Müdigkeit, einen guten Appetit durch Hunger, das Vergnügen des Trinkens durch Durst erkaufen muß? Ach! und das Glück, zu lieben und geliebt zu werden, erlangt man es nicht erst durch eine Menge Entbehrungen und Opfer? Der Reichthum raubt den Reichen alle diese Freuden, indem er ihren Bedürfnissen zuvorkommt. Dazu kommt noch die Langeweile, die der Uebersättigung auf dem Fuße folgt, der Stolz, ein Kind diesem Ueberflusses, den die geringste Entbehrung auf's empfindlichste verletzt, selbst dann, wenn die größten Genüsse keinen Reiz mehr für ihn haben. Der Duft von tausend Rosen gefällt nur einen Augenblick, aber der Schmerz, den ein einziger ihrer Dornen verursacht, dauert noch lange nach dem Stich. Eine Unannehmlichkeit mitten unter ihren Vergnügungen ist für die Reichen ein Dorn mitten unter Blumen, für die Armen dagegen ist ein Vergnügen mitten unter ihren Mühseligkeiten eine Blume unter Dornen und ein ausgezeichneter Genuß. Jede Wirkung wird durch ihren Gegensatz erhöht. Die Natur hat Alles abgewogen. Welchen Zustand hältst Du, beim Lichte betrachtet, für den wünschenswerten, den, wo man fast nichts zu hoffen und Alles zu fürchten, oder den, wo man fast nichts zu fürchten und Alles zu hoffen hat? Im ersten befinden sich die Reichen, im zweiten die Armen. Aber diese Extreme sind beide gleich unerträglich, denn das Glück besteht nur im richtigen Maße und in der Tugend.

PAUL

Was verstehen Sie unter Tugend?

DERGREIS

Mein Sohn, Dir, der Du deine Angehörigen mit deinen Arbeiten ernährst, braucht man dieß nicht auseinander zu setzen. Die Tugend ist eine Selbstüberwindung zum Wohl Anderer, in der Absicht, Gott allein zu gefallen.

PAUL

O! *Virginie* ist sehr tugendhaft! Aus Tugend wollte sie reich werden, um wohlthun zu können. Aus Tugend hat sie diese Insel verlassen: die Tugend wird sie auch zurückführen.

Loderndem Feuer gleich brannte jetzt der Gedanke an die baldige Rückkehr seiner Geliebten in der Brust des Jünglings, und alle seine Bekümmernisse verschwanden. *Virginie* hatte nicht geschrieben, weil sie selbst kommen wollte. Man bedurfte ja nur kurzer Zeit, um mit gutem Winde aus Europa herzusegeln. Er fing an, die Schiffe herzuzählen, die diese Fahrt von 4500 Seemeilen in weniger als drei Monaten gemacht hatten. Das Schiff, auf welchem *Virginie* kommen mußte, konnte nicht über zwei Monate brauchen. Die Baumeister waren ja neuerer Zeit so geschickt, die Seeleute so gewandt und erfahren. Er sprach von den Anordnungen, die er zu ihrem Empfange treffen wollte, von der neuen Wohnung, die er zu bauen gedachte, von den Vergnügungen und Ueberraschungen, die er ihr täglich bereiten wollte, wenn sie einmal seine Frau wäre. Seine Frau!... .. Dieser Gedanke begeisterte ihn. »Dann, mein Vater!« sagte er, »sollen Sie bloß noch zu Ihrem Vergnügen arbeiten. *Virginie* ist reich, wir werden viele Schwarze haben, die Ihre Geschäfte besorgen. Sie müssen immer bei uns seyn und dürfen auf nichts denken, als sich zu vergnügen und angenehm zu unterhalten.« Er verließ mich voll Entzücken, um den Seinigen die Freude mitzutheilen, von der er berauscht war.

Es ist ein alter Erfahrungssatz, daß große Befürchtungen großen Hoffnungen auf dem Fuße nachfolgen. Die heftigen Leidenschaften werfen die Seele immer von einem Extrem in's andere. Am andern Tag kam *Paul* oft zu mir und war tief betrübt: »*Virginie* schreibt mir nicht,« sagte er. »Wenn sie abgereist wäre, so würde sie mir es gewiß gemeldet haben. Ach, die Gerüchte, die über sie umliefen, sind nur zu gegründet. Ihre Tante hat sie mit irgend einem großen Herrn vermählt. Die Liebe zum Reichthum hat sie, wie so viele Andere, verführt. In diesen Büchern, welche die Frauen so treffend zeichnen, ist die Treue nur eine Dichtung. Wäre *Virginie* treu gewesen, so hätte sie ihre eigene Mutter und mich nicht verlassen. Während ich keinen andern Gedanken habe, als sie, vergißt sie mich. Ich vergehe in Kummer, sie lebt herrlich und in Freuden. Ach, dieser Gedanke bringt mich zur Verzweiflung. Jede Arbeit ist mir zuwider, jede Gesellschaft langweilt mich. Wollte Gott, in Indien bräche der Krieg aus, ich würde sogleich hingehen, um dort zu sterben.«

Mein Sohn,« antwortete ich ihm, »der Muth, der uns in den Tod stürzt, ist nur der Muth eines Augenblicks. Oft wird er nur von eiteln Beifallsbezeigungen der Menge hervorgerufen. Es gibt einen weit seltenern und nothwendigern Muth, denjenigen, der uns in den Stand setzt, jeden Tag ohne Zeugen und ohne aufmunterndes Lob die Widerwärtigkeiten des Lebens zu ertragen. Sein Name ist Geduld. Sie stützt sich nicht auf die Meinung Anderer, oder auf die Einwirkung unserer Leidenschaften, sondern auf den Willen Gottes. Die Geduld ist der Muth der Tugend.«

Ach!« rief er aus, »so habe ich denn keine Tugend! Alles drückt mich zu Boden und bringt mich zur Verzweiflung!« – »Die Tugend,« antwortete ich, »die sich immer gleich bleibt, immer beständig und unwandelbar ist, ist dem Menschen nicht gegeben. Unter den Leidenschaften, die in uns stürmen, trübt und verfinstert sich unsere Vernunft: aber es gibt Leuchtthürme, an denen wir ihre Fackel wieder anzünden können. Ich meine die Wissenschaften.

Lieber Sohn, die Wissenschaften sind eine Hülfe des Himmels. Sie sind Strahlen jener das Weltall beherrschenden Weisheit, Strahlen, die der Mensch, durch himmlische Kunst begeistert, auf der Erde festzuhalten gelernt hat. Gleich den Strahlen der Sonne erleuchten, erfreuen und erwärmen sie; sie sind ein göttliches Feuer. Wie das Feuer machen sie die ganze Natur uns dienstbar; durch sie sind wir im Stande, Dinge, Orte, Menschen und Zeiten um uns zu versammeln. Sie sind es, die uns die Richtschnur des Lebens geben. Sie beschwichtigen die Leidenschaften, sie drücken die Laster darnieder, sie ermuntern die Tugenden durch die erhabenen Beispiele der Edlen, deren Namen sie verewigen und deren Bilder sie uns immer geehrt vorführen. Sie sind Töchter des Himmels und auf die Erde gekommen, um das Unglück des Menschengeschlechtes zu mildern. Die großen Schriftsteller, die sie begeistern, sind immer in denjenigen Zeiten erschienen, die für jedes Volk die härtesten waren, in den Zeiten der Barbarei und der Verdorbenheit. Die Wissenschaften, mein Sohn, haben eine unzählige Menge weit unglücklicherer Menschen, als Du bist, getröstet: *Xenophon*, den sein Vaterland ausstieß, nachdem er zehntausend Griechen in dasselbe zurückgeführt; *Scipio*, den Afrikaner, als er der

Verleumdung der Römer;*Lucull*, als er ihrer Parteisucht; *Catinat*, als er der Undankbarkeit seines Hofes müde war. Die geistreichen Griechen haben jeder der neun Musen, welche das Reich der Wissenschaft beherrschen, einen besondern Theil unserer Geistesfähigkeiten zur Leitung übergeben: Wir müssen unsere Leidenschaften unter ihre Herrschaft stellen, damit sie ihnen Zaum und Gebiß anlegen. Sie müssen in ihrer Beziehung zu unsern Geistesfähigkeiten dieselben Verrichtungen haben, wie die Horen, welche die Pferde des Sonnengottes anspannten und leiteten.

Lies also, mein Sohn. Die Weisen, die vor uns geschrieben haben, sind Reisende, die uns auf den Pfaden des Unglücks vorangingen, die uns ihre Hand entgegenstrecken und uns einladen, in ihre Gesellschaft zu kommen, wenn uns Alles verläßt. Ein gutes Buch ist ein guter Freund.«

Ach!« rief *Paul*, »als *Virginie* noch hier war, brauchte ich nicht lesen zu können. Sie hatte so wenig studiert, als ich; aber wenn sie mich ansah und ihren Freund nannte, dann war es mir unmöglich, betrübt zu seyn.«

Sicherlich,« sagte ich zu ihn., »gibt es keinen so angenehmen Freund, als eine Geliebte, von der man wieder geliebt wird. Ohnehin besitzt das Weib jene leichte Munterkeit, die geeignet ist, den düstern Ernst des Mannes zu verscheuchen. Ihre Anmuth verjagt die schwarzen Phantome der Ueberlegung. Auf ihrem Gesichte wohnt Holdseligkeit und Vertrauen. Welche Freude wird nicht erhöht durch ihre Freude? Welche Stirne entrunzelt sich nicht bei ihrem Lächeln? Welcher Zorn widersteht ihren Thränen? *Virginie* wird mit mehr Philosophie zurückkommen, als Du besitzest. Sie wird sehr verwundert seyn, wenn sie den Garten nicht vollkommen wiederhergestellt findet, während sie trotz des Druckes ihrer Verwandten, fern von ihrer Mutter und Dir, nur auf seine Verschönerung bedacht ist.«

Der Gedanke an die nahe Rückkehr *Virginiens* erneuerte *Pauls* Muth und führte ihn zu seinen ländlichen Beschäftigungen zurück. Bei all seinem Kummer fühlte er sich glücklich, seiner Arbeit ein Ziel vorstecken zu können, das seiner Leidenschaft schmeichelte.

KAPITEL 6

Eines Morgens (es war der 24. December 1744) bemerkte *Paul*, als er mit Tages Anbruch aufstand, daß eine weiße Flagge auf dem Entdeckungshügel aufgepflanzt war, das gewöhnliche Zeichen, daß man ein Schiff auf dem Meere gewahr wird. Er lief in die Stadt, um zu fragen, ob es keine Nachrichten von *Virginie* bringe. Doch wartete er, bis der Lootse, der dem Gebrauche gemäß dem Schiffe entgegengesandt worden war, zurückkam. Dieß geschah erst gegen Abend. Er meldete dem Gouverneur, das nahende Schiff sey der St. Geran, vom Capitän Aubin befehligt, und habe eine Ladung von 700 Tonnen; es sey noch vier Seemeilen im Meer und gedenke morgen Nachmittag, wenn der Wind günstig sey, in Port-Louis einzulaufen. Im Augenblick war eine völlige Windstille. Zugleich übergab der Lootse dem Gouverneur die Briefe, welche das Schiff aus Frankreich brachte. Es war dabei einer an Frau von *Latour* von *Virginiens* Hand. *Paul* bemächtigte sich seiner sogleich, küßte ihn voll Entzücken, drückte ihn an sein Herz und eilte damit der Wohnung zu. Als er die Familie, die ihn auf dem Abschiedsfelsen erwartete, von Weitem sah, hob er den Brief in die Luft, ohne ein Wort sprechen zu können. Alsbald umringten Alle Frau von *Latour*, um den Inhalt des Schreibens zu erfahren. *Virginie* schrieb ihrer Mutter, sie habe von ihrer Großtante viel Härte erdulden müssen; diese habe sie wider ihren Willen verheirathen wollen, dann enterbt, und endlich gezwungen, sich zur allerungünstigsten Jahrzeit nach Isle de France einzuschiffen; umsonst habe sie sie zu erweichen gesucht, indem sie ihr vorgestellt habe, was sie ihrer Mutter und den Erinnerungen ihrer Kindheit schuldig sey; die Tante habe sie ein unsinniges, durch Romane verrücktes Mädchen gescholten: jetzt aber lebe sie nur in dem Glück, ihre geliebte Familie wieder zu sehen und sie zu umarmen, und sie würde dieses glühende Verlangen noch heute befriedigt haben, wenn der Capitän ihr erlaubt hätte, mit dem Lootsen an's Land zu gehen; er habe es aber nicht zugegeben, weil das Schiff noch zu fern vom Lande sey und die Wellen trotz der Windstille hoch gehen.

Als dieser Brief gelesen war, riefen Alle entzückt: »*Virginie* kommt! *Virginie* kommt!« Herren und Diener umarmten sich. Frau von *Latour* sagte zu *Paul:* »Gehe, mein Sohn, und melde unserm Nachbar, daß *Virginie* kommt.« Sogleich zündete *Domingo* eine Fackel an, und *Paul* und er machten sich auf den Weg nach meiner Wohnung.

Ich denke, es war zehn Uhr Abends. Eben hatte ich meine Lampe gelöscht und mich niedergelegt, als ich durch das Pfahlwerk meiner Hütte hindurch ein Licht bemerkte. Bald darauf hörte ich *Pauls* Stimme, der mich rief. Ich stand auf, und kaum hatte ich mich angekleidet, so stürzte *Paul* außer sich und athemlos mir an den Hals und rief: »Auf, auf! *Virginie* ist gekommen. Wir wollen nach dem Hafen gehen; mit Tages Anbruch läuft das Schiff ein.«

Sogleich machten wir uns auf den Weg. Als wir nun den Wald des langen Berges durchzogen und bereits auf dem Wege waren, der von den Pompelmusen nach dem Hafen führt, hörte ich Jemand hinter uns hergehen. Es war ein Schwarzer, der sich uns mit eilenden Schritten näherte. Als er uns erreicht hatte, fragte ich ihn, woher er komme und wohin er so in aller Eile wolle. Er antwortete: »Ich komme aus dem Theil der Insel, welcher Goldstaub heißt: man schickt mich in den Hafen, um dem Gouverneur zu melden, daß ein französisches Schiff unterhalb der Insel Ambra laufe. Es thut Nothschüsse, denn die See ist sehr bewegt.« Nachdem er dieß gesagt hatte, lief er eilig weiter, ohne sich länger aufzuhalten.

Ich sagte zu *Paul:* »Laß uns nach dem Quartier Goldstaub gehen, *Virginien* entgegen, es sind nur drei Stunden von hier.« Wir machten uns also auf den Weg zur Nordküste der Insel. Es war eine drückende Schwüle. Der Mond war schon aufgegangen, und um ihn herum sah man drei große schwarze Ringe. Der Himmel war fürchterlich dunkel. Doch konnte man bei den häufigen Blitzen lange, dichte und niedrige Streifen von Wolken entdecken, die mit großer Geschwindigkeit vom Meere herkamen und sich über der Mitte der Insel aufthürmten, obgleich nicht der geringste Wind war. Während wir weiter gingen, glaubten wir den Donner rollen zu hören; als wir aber aufmerksamer horchten, erkannten wir, daß es Kanonenschüsse waren, die das Echo wiederholte. Dieser ferne Kanonendonner, verbunden mit dem stürmischen Aussehen des Himmels, machte mich schaudern. Ich konnte nicht zweifeln, daß es die Nothsignale eines in höchster Gefahr schwebenden Schiffes seyen. Nach einer halben Stunde hörte das Schießen auf, und diese Stille schien mir noch schrecklicher, als der traurige Ton, der ihr voranging.

Nun eilten wir vorwärts, ohne ein Wort zu sagen, und ohne es zu wagen, uns unsere Besorgnisse mitzutheilen. Gegen Mitternacht kamen wir schweißbedeckt an der Küste im Quartier Goldstaub an. Die Wellen brachen sich mit entsetzlichem Getöse und bedeckten die Klippen und den Sand des Ufers mit schneeweißem, phosphorescirendem Schaum. Trotz der Finsterniß erkannten wir bei diesem phosphorischen Lichte die Fischernachen, die man schon vorher auf den Sand gezogen hatte.

In einiger Entfernung von da erblickten wir am Eingang des Waldes ein Feuer, um welches sich mehrere Einwohner der Insel versammelt hatten. Wir setzten uns zu ihnen, um den Tag zu erwarten. Einer derselben erzählte, er habe am Nachmittag ein Schiff in offener See gesehen, das durch die Strömung gegen die Insel getrieben worden sey; die Nacht habe es seinen Blicken entzogen, zwei Stunden nach Sonnenuntergang aber habe er Nothschüsse gehört; das Meer sey jedoch so aufgeregt gewesen, daß man kein Fahrzeug habe aussetzen können. Bald darauf habe er die angezündeten Schiffslaternen zu bemerken geglaubt, und in diesem Falle fürchte er, das Schiff sey dem Ufer zu nahe gekommen und laufe zwischen der Küste und der kleinen Insel Ambra, indem es diese vielleicht für den Richtkeil halte, neben welchem vorbei die Schiffe in Port-Louis einlaufen; wenn dieß sey, was er jedoch nicht gewiß behaupten könne, so schwebe das Schiff in der größten Gefahr. Ein anderer Bewohner ergriff das Wort und sagte, er habe den Kanal, der die Insel Ambra von der Küste trenne, schon mehrere Male befahren und sondirt; der Ankergrund sey sehr gut und das Schiff vollkommen sicher, wie im besten Hafen. »Ich wollte,« setzte er hinzu, »mein ganzes Vermögen auf dasselbe geben und so ruhig darauf schlafen, wie auf dem Lande.« Ein dritter Bewohner behauptete, das Schiff könne unmöglich in diesen Kanal kommen, welchen kaum Schaluppen zu passiren im Stande seyen. Er versicherte, er habe es bei der Insel Ambra Anker werfen sehen, so daß es, wenn sich der Morgenwind erhebe, leicht wieder in die offene See gehen und den Hafen gewinnen könne. Andere hatten noch andere Meinungen. Während sie sich nach Art müssiger Kreolen untereinander stritten, beobachteten *Paul* und ich ein tiefes Stillschweigen. Wir blieben hier, bis der Tag zu dämmern anfing; allein der Himmel war so bedeckt, daß man auf dem Meere, welches ebenfalls ganz mit Nebel umzogen war, nichts entdecken konnte. Nur in der Ferne unterschieden wir einen dunkeln Streif, von dem man uns sagte, es sey die Insel Ambra, die eine Viertelmeile von der Küste liegt. An diesem finstern Tage war nichts sichtbar, als die Ufer des Strandes, wo wir uns befanden, und die Bergspitzen im Innern der Insel, die von Zeit zu Zeit aus dem sie umhüllenden Wolkenkreise hervortraten.

Gegen sieben Uhr Morgens hörten wir durch den Wald her den Klang von Trommeln: es war der Gouverneur, Herr von*Labourdonnais*, der mit einer Abtheilung Soldaten, welche Flinten trugen, und einem großen Gefolge von Einwohnern und Schwarzen zu Pferde herbeikam. Er ließ sogleich die Soldaten an der Küste aufmarschiren und Feuer geben. Kaum war dieß geschehen, so bemerkten wir vom Meere her einen Blitz, dem der Knall augenblicklich folgte. Wir schlossen daraus, das Schiff müsse sehr nahe seyn, und rannten Alle der Seite zu, von der wir sein Signal gesehen hatten. Nun erblickten wir durch den Nebel den Körper und die Masten eines großen Schiffes. Es war so nahe bei uns, daß wir trotz des Getöses der Wogen die Pfeife des Hochbootsmanns, der die Arbeit commandirte, und das Geschrei der Matrosen hören konnten, welche dreimal: Es lebe der König! riefen; denn dieß ist das Losungswort der Franzosen in den größten Gefahren und bei den größten Freuden: gleich als ob sie in der Noth ihren Fürsten um Hülfe anrufen, oder ihm beweisen wollten, daß sie bereit seyen, für ihn zu sterben.

Der St. Geran hatte bemerkt, daß wir zur Unterstützung bereit standen, und feuerte nun fortwährend von drei Minuten zu drei Minuten eine Kanone ab. Herr von *Labourdonnais* ließ auf dem Sandufer von Distance zu Distance große Feuer anzünden und schickte zu allen Bewohnern der Nachbarschaft um Lebensmittel, Bretter, Seile und leere Tonnen. Bald kam eine große Menge Kolonisten, gefolgt von ihren Schwarzen, die das Verlangte brachten, aus den Wohnungen im Quartier Goldstaub, im Quartier Flaque und im Quartier des Flußdammes. Einer der Aeltesten näherte sich dem Gouverneur und sagte: »Gnädiger Herr, man hat die ganze Nacht ein dumpfes Getöse im Gebirge gehört. In den Wäldern bewegen sich die Blätter an den Bäumen, und doch geht kein Wind; die Seevögel flüchten sich an's Ufer; dieß Alles verkündet Sturm.« – »Je nun, meine Freunde,« antwortete der Gouverneur, »wir sind darauf gefaßt, ohne Zweifel ist es das Schiff auch.«

Es war wirklich so; Alles verkündete den nahen Ausbruch eines Orcans. Die Wolken, die im Zenith standen, waren in der Mitte schrecklich dunkel und kupferfarbig besäumt. Die Luft widerhallte vom Geschrei der Sturmvögel, der Fregatten, der Taucher und einer Menge anderer Seevögel, die trotz der Dunkelheit von allen Seiten herkamen, um im Innern der Insel Sicherheit zu suchen.

Vor neun Uhr Morgens hörte man vom Meere her ein schreckliches Getöse, wie wenn Ströme von Wasser donnernd sich von Felsen herabstürzen. Alles schrie: »Der Orcan naht!« und in demselben Augenblick zerriß ein schrecklicher Wirbelwind den Nebel, der die Insel Ambra und ihren Kanal bedeckte. Jetzt sahen wir den St. Geran mit seinem von Menschen angefüllten Verdeck, seinen Segeln und Maststangen, über denen die Flagge wehte. Vier Anker hielten ihn vorn und einer hinten. Er lag zwischen der Insel Ambra und der Küste jenseits der Felsenriffe, welche Isle-de-France umgeben, an einer Stelle, wo vor ihm noch nie ein Schiff gewesen war. Seine Vorderseite hatte er gegen die Wellen des offenen Meeres gerichtet, und bei jeder Woge, die sich im Kanal fing, hob sich der ganze Vordertheil in die Höhe, so daß man den Kiel in der Luft sehen konnte; bei derselben Bewegung aber tauchte der Hintertheil unter und verschwand bis zur Gallerie, wie wenn er untergesunken wäre. In dieser Lage, wo Wind und Wellen ihn dem Lande zutrieben, war es ihm eben so unmöglich, den Weg, aus dem er gekommen, zurück zu machen, als die Anker zu kappen und an dem Ufer vorbeizutreiben, von dem er durch eine Kette von Klippen getrennt war. Jede Woge, die sich an der Küste brach, drang donnernd in die Bucht und warf auf mehr als fünfzig Schritte Kieselsteine in's Land herein; wenn sie sich dann zurückzog, entblößte sie einen großen Theil des Meerbettes und rollte mit rauhem, furchtbarem Getöse die darin liegenden Steine mit sich fort. Das vom Sturm gepeitschte Meer hob sich mit jedem Augenblicke höher, und der ganze Kanal zwischen dieser Insel und der Insel Ambra war nur ein weites, mit weißem Schaum bedecktes Becken, von schwarzen und tiefen Wellen durchwühlt. Dieser Schaum sammelte sich in der Bucht mehr als sechs Fuß hoch, und der darüber herstreichende Wind jagte ihn mehr als eine halbe Meile weit über das steile Ufer weg in's Land hinein. Wenn man diese unzähligen weißen Fluten in horizontaler Richtung dem Fuß der Berge zutreiben sah, so konnte man glauben, es steige ein Schnee aus dem Meere heraus. Der Horizont zeigte alle Merkmale eines lang anhaltenden Sturmes; Meer und Himmel schienen in Eins zu zerfließen. Unaufhörlich bildeten sich Wolken von schauerlicher Gestalt, die mit der Schnelligkeit eines Vogels über uns wegzogen, während andere unbeweglich schienen, wie hohe Felsen. Am ganzen Firmament bemerkte man nicht eine einzige klare Stelle und nur ein grüngelber blasser Schein beleuchtete die Erde, das Meer und den Himmel.

Durch das Schwanken des Schiffes geschah, was man fürchtete. Die vordern Ankertaue rissen, und da es nur noch durch ein einziges gehalten wurde, so ward es auf die eine halbe Kabeltaulänge vom Ufer befindliche Klippe geworfen. Bei diesem Anblick hörte man unter den Zuschauern nur Einen Schrei des Entsetzens. *Paul* wollte sich in's Meer stürzen, allein ich hielt ihn am Arme zurück. »Mein Sohn,« sagte ich, »willst Du denn durchaus umkommen?« – »Ich muß ihr helfen,« rief er, »oder sterben!« Da die Verzweiflung ihn zu keinem Nachdenken kommen ließ, so banden *Domingo* und ich, um ihn retten zu können, ihm ein langes Seil um den Leib, dessen Ende wir festhielten. Auf diese Art strebte *Paul* dem St. Geran zu, indem er bald schwamm, bald über die Klippen kletterte. Manchmal hatte er Hoffnung, das Schiff zu erreichen, denn das Meer ließ es bei seinen unregelmäßigen Bewegungen hie und da ganz auf dem Trockenen, so daß man zu Fuß hätte hinkommen können; dann aber kam es bald mit neuer Wuth zurück und bedeckte das Schiff mit ungeheuern Wasserwogen, die den ganzen Vordertheil seines Kiels in die Höhe hoben und den unglücklichen *Paul* mit blutenden Beinen, zerstoßener Brust und halbtodt weit hinweg auf's Ufer zurück schleuderten. Aber kaum hatte der Jüngling wieder einige Kräfte gesammelt, so sprang er auf und eilte mit neuem Eifer dem Schiffe zu, das indessen von den fürchterlichen Stößen des Meeres zu bersten anfing. Die ganze Mannschaft verzweifelte an ihrer Rettung; sie stürzte sich in die Wellen und griff nach Stangen, Brettern. Hühnerkörben, Tischen und Tonnen. Jetzt zeigte sich ein Anblick, der ewigen Mitleids würdig ist. Ein junges Mädchen erschien auf der Gallerie vom Hintertheil des St. Geran und breitete ihre Arme Dem entgegen, der alle seine Kräfte anstrengte, um zu ihr zu gelangen. Es war *Virginie*. Sie hatte den Geliebten an seiner Unerschrockenheit erkannt. Der Anblick dieses liebenswürdigen Mädchens, das in solch entsetzlicher Gefahr schwebte, erfüllte uns Alle mit Schmerz und Verzweiflung. *Virginie* selbst zeigte eine edle sichere Haltung und winkte uns mit der Hand zu, wie wenn sie ein ewiges Lebewohl sagen wollte. Die Matrosen hatten sich Alle in's Meer gestürzt, und nur ein einziger war auf dem Verdecke geblieben. Er hatte seine Kleider abgeworfen und war nervig wie ein Herkules. Ehrerbietig näherte er sich *Virginien:* wir sahen, wie er sich zu ihren Füßen warf und sie zu überreden suchte, sich ebenfalls zu entkleiden; allein sie wies ihn mit Würde zurück und wandte die Augen von ihm ab. Die Zuschauer riefen Alle, so laut sie konnten: Rette sie, rette sie, verlaß sie nicht! Aber in demselben Augenblick fing sich ein Wasserberg von entsetzlicher Größe zwischen der Insel Ambra und der Küste, und wälzte sich brüllend dem Schiffe zu, das er mit seinen dunkeln Fluten und ihren schäumenden Spitzen bedrohte. Bei diesem fürchterlichen Anblick stürzte sich der Matrose allein in's Meer und *Virginie*, die den unvermeidlichen Tod vor sich sah, legte die eine Hand auf ihre Kleider, die andere auf's Herz, und indem sie heiter die Augen in die Höhe richtete, erschien sie ein Engel, der seinen Flug gen Himmel nimmt.

O der schreckliche Tag! ach! Alles, Alles verschlangen die Wellen. Jener Wasserberg hatte einen Theil der Zuschauer, die von menschlicher Rührung getrieben *Virginien* sich zu nähern versuchten, so wie auch den Matrosen, der sie schwimmend hatte retten wollen, weit auf den Strand zurückgeworfen. Letzterer war kaum dem beinahe gewissen Tode entronnen, als er sich im Sand des Ufers auf die Kniee warf und rief: »O Gott! du hast mir das Leben gerettet; ich hätte es gerne für dieses würdige Fräulein dahin gegeben, allein sie hat sich nicht entkleiden wollen, wie ich.« *Domingo* und ich zogen den unglücklichen *Paul* bewußtlos und aus Mund und Ohren blutend aus den Wellen. Der Gouverneur übergab ihn den Aerzten und wir suchten längs des Ufers hin, ob das Meer nicht *Virginiens* Leiche hertriebe: allein der Wind hatte sich, wie es bei Orcanen häufig vorkommt, schnell gedreht, und so hatten wir den Schmerz, auch die Hoffnung zu verlieren, dem unglücklichen Mädchen ein Grab bereiten zu können. Niedergedrückt von Kummer, entfernten wir uns von diesem Orte, und bei einem Schiffbruch, wo so viele Leute umgekommen waren, schienen Alle nur von diesem einzigen Verluste ergriffen zu seyn; ja, die Meisten zweifelten nach dem schrecklichen Ende dieses tugendhaften Mädchens an der Existenz einer Vorsehung, denn es gibt so fürchterliche und unverdiente Unfälle, daß selbst die Hoffnung des Weisen dadurch erschüttert wird.

Mittlerweile hatte man *Paul*, der wieder zu sich zu kommen anfing, in ein benachbartes Haus getragen, bis man Anstalten treffen konnte, ihn nach Hause zu bringen. Ich kehrte mit *Domingo* dahin zurück, um *Virginiens* Mutter und ihre Freundin auf diese unselige Kunde vorzubereiten. Als wir in's Thal des Latanflusses kamen, begegneten uns einige Schwarze, welche sagten, in der gegenüberliegenden Bucht werfe das Meer viele Schiffstrümmer aus. Wir eilten sogleich dahin, und beinahe das Erste, was wir am Ufer sahen, war *Virginiens* Leichnam. Sie war halb vom Sande bedeckt und noch in derselben Stellung, worin wir sie hatten umkommen sehen. Ihre Züge hatten sich nicht merklich verändert. Die Augen waren geschlossen, aber auf ihrer Stirne thronte immer noch Heiterkeit, nur auf ihren Wangen vermischten sich die blassen Veilchen des Todes mit den Rosen der Scham. Eine ihrer Hände hielt ihr Kleid, die andere war auf's Herz gedrückt, fest geschlossen und erstarrt. Mit Mühe zog ich eine kleine Medaille heraus, aber wie groß war meine Ueberraschung, als ich sah, daß es das Bild von *Paul* war, das sie bis zu ihrem letzten Athemzug zu bewahren ihm versprochen hatte! Bei diesem letzten Zeugniß von der Treue und Liebe dieses unglücklichen Mädchens weinte ich bitterlich. *Domingo* zerschlug sich die Brust und durchschnitt die Luft mit seinem Klagegeschrei.

Endlich trugen wir die Leiche in eine Fischerhütte und übergaben sie armen malabarischen Weibern, welche sie wuschen.

Während sie dieses traurige Geschäft verrichteten, wankten wir der Wohnung zu. Frau von *Latour* und *Margarethe* harrten betend auf Nachrichten von dem Schiff. Sobald Frau von *Latour* mich erblickte, rief sie: »Wo ist meine Tochter, meine geliebte Tochter, mein Kind?« Da sie bei meinem Schweigen und meinen Thränen nicht mehr an ihrem Unglück zweifeln konnte, wurde sie auf einmal von schmerzhaften, krampfhaften Beklemmungen befallen; man hörte sie nur noch seufzen und schluchzen. *Margarethe* schrie: »Wo ist mein Sohn? Ich sehe meinen Sohn nicht!« und fiel in Ohnmacht. Wir eilten ihr zu Hülfe, und als sie wieder zu sich kam, versicherte ich ihr, daß *Paul* lebe und der Gouverneur für ihn sorge.

So wie sie ihrer Sinne wieder mächtig war, beschäftigte sie sich mit ihrer Freundin, die von einer langen Ohnmacht in die andere fiel. So ging es die ganze Nacht hindurch, und aus der langen Dauer ihrer Ohnmachten ersah ich, daß kein Schmerz dem einer Mutter gleichen kann. Wenn sie wieder zu sich kam, wandte sie starr und düster die Blicke gen Himmel. Vergebens drückten ihre Freundin und ich ihre Hand, vergebens nannten wir sie mit den zärtlichsten Namen; sie schien unempfindlich gegen alle diese Zeugnisse unserer alten Anhänglichkeit und nur dann und wann rang sich ein schwerer Seufzer aus ihrer beklemmten Brust hervor.

Den andern Morgen brachte man *Paul* auf einem Tragbett. Er war wieder zur Besinnung gekommen, vermochte aber kein Wort zu sprechen. Seine Zusammenkunft mit seiner Mutter und Frau von *Latour*, vor der mir anfangs bange gewesen war, brachte eine bessere Wirkung hervor, als alle meine bisherigen Bemühungen. Ein Strahl von Trost zeigte sich auf den Gesichtern der beiden unglücklichen Mütter. Sie nahmen ihn in ihre Mitte, schlossen ihn in ihre Arme, küßten ihn, und ihre Thränen, die der unsägliche Schmerz bisher zurückgehalten hatte, vermischten sich bald mit den seinigen. Nachdem sich die Natur auf diese Art bei den drei Unglücklichen Luft gemacht hatte, folgte eine lange Erschlaffung auf den konvulsivischen Schmerz und verschaffte ihnen eine lethargische Ruhe, die wahrhaftig der Ruhe des Todes glich.

Mittlerweile war *Virginiens* Leiche auf Befehl des Gouverneurs in die Stadt gebracht worden, und Herr von *Labourdonnais* ließ mich heimlich benachrichtigen, er gedenke, sie bei der Kirche der Pompelmusen beisetzen zu lassen. Ich ging sogleich nach Port-Louis, wo ich Leute aus allen Theilen der Insel versammelt fand, um dem Begräbniß beizuwohnen, gleich als ob die Insel an ihr ihren kostbarsten Schatz verloren hätte. Die Schiffe im Hafen hatten ihre Segel in's Kreuz gelegt, ihre Flaggen aufgezogen, und lösten von Zeit zu Zeit in langen Zwischenräumen die Kanonen. Eine Abtheilung Grenadiere eröffnete den Zug. Sie trugen ihre Gewehre gesenkt, die mit langen Flören behangenen Trommeln wirbelten dumpf und traurig; Niedergeschlagenheit stand auf den Gesichtern dieser Krieger zu lesen, die so manchmal dem Schlachtentod ohne Scheu in's Auge gesehen hatten. Acht der vornehmsten jungen Mädchen von der Insel in weißen Kleidern und mit Palmen in den Händen trugen die mit Blumen bedeckte Hülle ihrer tugendhaften Gespielin. Ein Chor von Kindern folgte, fromme Gesänge singend. Hinter diesen kamen die angesehensten Bewohner der Insel, der Gouverneur, der Generalstab und eine Masse Volks.

Von all dem wußten die Mütter nichts; der Gouverneur hatte es so angeordnet, um der Tugend *Virginiens* einige Ehre zu erweisen. Als man aber an den Fuß dieses Berges kam, bei dem Anblick dieser Hütten, deren Glück sie so lange Zeit gewesen war, und die ihr Tod jetzt zum Schauplatz namenloser Verzweiflung machte, gerieth der ganze feierliche Zug in Unordnung: die Gesänge verstummten und nur ein lautes Schluchzen durchdrang das Thal. Aus den benachbarten Wohnungen liefen junge Mädchen schaarenweise herbei, um mit ihren Tüchern, Rosenkränzen und Blumen *Virginiens* Sarg zu berühren, die sie wie eine Heilige anriefen. Die Mütter beteten zu Gott um eine Tochter wie sie, die Jünglinge um eine so treue Geliebte, die Armen um eine so wohlwollende Freundin, und die Sklaven um eine so milde Herrin.

Als man am Orte des Begräbnisse angelangt war, stellten Negerinnen aus Madagascar und Kaffern von der Küste Mozambique Körbe mit Früchten um das offene Grab und behingen nach der Sitte ihres Landes die umstehenden Bäume mit Stücken von mancherlei Stoffen; Indianerinnen aus Bengalen und von der Küste Malabar brachten Käfige mit Vögeln, denen sie über ihrer Leiche die Freiheit schenkten: so ergreifend ist der Verlust einer liebenswürdigen Person für alle Nationen, und so groß ist die Macht unglücklicher Tugend, daß sie alle Religionen um ihr Grab vereinigt.

Ja, man mußte eine Wache an das Grab stellen, um einige Töchter armer Einwohner abzuhalten, die sich mit Gewalt hinabstürzen wollten, indem sie sagten, sie haben jetzt keinen Trost mehr auf der Welt zu hoffen, und es bleibe ihnen nichts übrig, als mit Derjenigen, die ihre einzige Wohltäterin gewesen, zu sterben.

Man beerdigte sie neben der Kirche der Pompelmusen auf der mitternächtlichen Seite derselben in einem kleinen Bambus-Gebüsch, wo sie, wenn sie mit ihrer Mutter und *Margarethe* zur Messe ging. so gern an der Seite Dessen ausgeruht hatte, den sie damals noch ihren Bruder nannte.

Auf dem Rückwege von dem Leichenzug kam Herr von *Labourdonnais* mit einem Theil seines zahlreichen Gefolges in die Hütte und bot der Frau von *Latour* und ihrer Freundin jede in seinen Kräften stehende Unterstützung an. Mit wenig Worten, aber voll Entrüstung, sprach er sich über die unnatürliche Tante aus; dann ging er auf *Paul* zu und suchte diesen zu trösten. »Gott ist mein Zeuge,« sagte er zu ihm, »daß ich nur Ihr und Ihrer Familie Glück wünschte. Sie müssen nach Frankreich gehen, mein Freund, und Dienste nehmen; ich will Ihnen dazu verhelfen. Für Ihre Mutter werde ich in Ihrer Abwesenheit sorgen wie für meine eigene.« So sprechend reichte er ihm die Hand, *Paul* aber zog die seinige zurück und wandte sich ab, um ihn nicht zu sehen.

KAPITEL 7

Paul und meine unglücklichen Freundinnen waren in einer so trostlosen Lage, daß ich bei ihnen blieb, um ihnen mit meinen besten Kräften beizustehen. Nach drei Wochen konnte *Paul* wieder gehen; aber sein Gram schien nur zuzunehmen, jemehr sein Körper wieder zu Kräften kam. Er war gegen Alles unempfindlich; seine Blicke waren erloschen, und man mochte ihn fragen, was man wollte, er gab keine Antwort. Frau von *Latour*, die auf den Tod darnieder lag, sagte oft zu ihm: »Mein Sohn, so oft ich Dich sehe, glaube ich meine geliebte *Virginie* zu erblicken.« Bei *Virginiens* Namen fing er an zu zittern und entfernte sich, so sehr ihn auch seine Mutter bat, bei ihrer Freundin zu bleiben. Er ging dann allein in den Garten und setzte sich unter *Virginiens* Cocosbaum, die Augen starr auf ihren Teich gerichtet. Der Arzt des Gouverneurs, der die angelegentlichste Sorgfalt für ihn und die beiden Damen an den Tag legte, sagte uns, diese schwarze Melancholie lasse sich nicht anders bannen, als wenn man ihn Alles thun lasse, was ihm einfalle, und ihm in nichts widerspreche; dieß sey das einzige Mittel, sein hartnäckiges Schweigen zu überwinden.

Ich beschloß, seinem Rathe zu folgen. Sobald *Paul* seine Kräfte ein wenig hergestellt fühlte, war sein Erstes, daß er sich von den Wohnungen entfernte. Ich hatte ihn nie aus den Augen verloren und folgte ihm auch jetzt; dem *Domingo* aber befahl ich, Lebensmittel aufzupacken und mitzukommen. Während der Jüngling den Berg herabstieg, schien seine Munterkeit und Kraft zuzunehmen. Zuerst schlug er den Weg nach den Pompelmusen ein, und als er nahe an die Kirche in die Bambus-Allee kam, wandte er sich rechts dem Orte zu, wo er einen frisch aufgeworfenen Hügel sah. Hier kniete er nieder, hob die Augen zum Himmel und betete lang. Dieses Betragen schien mir eine gute Vorbedeutung für die Rückkehr seiner Vernunft, denn der darin liegende Beweis von Vertrauen auf das höchste Wesen zeigte, daß sein Geist wieder anfing seine natürlichen Verrichtungen zu übernehmen. *Domingo* und ich knieten gleichfalls nieder und beteten mit ihm. Endlich stand er auf und wandte sich dem Norden der Insel zu, ohne sonderlich auf uns zu achten. Da mir wohl bekannt war, daß er nicht nur nichts von der Grabstätte *Virginiens* wußte, sondern nicht einmal, ob sie überhaupt aufgefunden worden sey, so fragte ich ihn, warum er in diesem Bambus-Gebüsche gebetet habe; er antwortete. »Wir sind so oft da gewesen.«

Ich folgte ihm bis zum Eingang des Waldes, wo uns die Nacht überraschte. Hier bewog ich ihn durch mein Beispiel, einige Nahrung zu sich zu nehmen; dann schliefen wir unter einem Baume auf dem Rasen. Am andern Tag glaubte ich, er werde nach Hause zurückkehren. Wirklich betrachtete er eine Zeitlang die Kirche der Pompelmusen mit ihren langen Bambus-Alleen und machte einige Bewegungen, wie wenn er wieder dahin wollte; plötzlich aber wandte er sich rasch wieder dem Walde zu und ging nun gerade auf die Nordküste los. Ich errieth seine Absicht, gab mir aber vergebliche Mühe, ihn davon abzubringen. Gegen Mittag kamen wir in's Quartier Goldstaub. Hier stieg er schnell das Gestade hinab, dem Orte gegenüber, wo der St. Geran gescheitert war. Als er die Insel Ambra erblickte und ihren Kanal, der jetzt klar war wie ein Spiegel, rief er: »*Virginie*, o meine theure *Virginie!*« und fiel sogleich in Ohnmacht. *Domingo* und ich trugen ihn in den Wald hinein, wo wir ihn mit vieler Mühe wieder zu sich brachten. Kaum war er seiner Sinne wieder mächtig, so verlangte er auf's Neue nach der Küste; da wir ihn aber inständig baten, er möchte seinen und unsern Schmerz nicht durch solch grausame Erinnerungen erneuern, so nahm er eine andere Richtung. Binnen acht Tagen hatte er alle die Orte besucht, wo er einst mit der Gespielin seiner Kindheit gewesen war. Er ging den Weg, den er mit ihr gemacht hatte, als sie mit einander für die Sklavin am schwarzen Flusse um Gnade baten; sodann besuchte er die Ufer des Flusses der drei Zitzen, wo sie sich gesetzt hatte, als sie nicht mehr gehen konnte, und den Theil des Waldes, wo sie sich verirrt hatte. Allen Orten, die ihn an die Unruhen, die Spiele, die Mahlzeiten und die Wohlthätigkeit seiner Vielgeliebten erinnerten, dem Fluß des langen Berges, meinem Häuschen, dem Wasserfalle in der Nähe, dem Melonenbaum, den sie gepflanzt, dem Rasen, auf dem sie so gerne lief, den Gängen des Waldes, wo sie oft gesungen, weihte er nach einander den Zoll seiner Thränen, und dieselben Echos, die so oft von ihrem gemeinschaftlichen Freudengeschrei widerhallt hatten, gaben jetzt nur die klagenden Worte zurück: »*Virginie!* ach, meine geliebte *Virginie!*«

Dieses wilde und unstäte Leben mußte natürlich *Pauls* Gesundheit untergraben. seine Augen fielen ein, seine Wangen bleichten und er wurde mit jedem Tage schwächer. Ueberzeugt, daß das Gefühl unsers Elends durch die Erinnerung an vergangene Freuden nur gesteigert wird, und die Leidenschaften in der Einsamkeit die meiste Nahrung finden, beschloß ich, meinen unglücklichen Freund von den Orten entfernt zu halten, die ihm seinen Verlust immer auf's Neue vor's Auge führten, und in eine andere Gegend der Insel zu bringen, wo er viel Zerstreuung haben konnte. Zu diesem Behuf führte ich ihn auf die bewohnten Höhen des Quartiers Williams, die er noch nie gesehen hatte. Der Ackerbau und Handel machten diesen Theil der Insel sehr lebhaft und gaben ihm ein bunt bewegtes Ansehen. Es waren hier ganze Schaaren von Zimmerleuten zu sehen, die Holz fällten, und andere, die Bretter sägten; die Straßen waren von einer Menge Fuhrwerke bedeckt; große Heerden Ochsen und Pferde weideten auf fetten Wiesen, und da und dort standen Wohnungen auf den Feldern. Die Höhe der Lage machte an mehreren Orten den Anbau verschiedener europäischen Gewächse möglich. Fluren von Getreide, grüne Decken von Erdbeerkraut in den lichten Stellen der Wälder und Rosenhecken längs der Wege gewährten einen anmuthigen Anblick. Die Frische der Luft, die den Nerven mehr Spannung verleiht, war für die Gesundheit der Weißen zuträglich. Von diesen Höhen, die gegen die Mitte der Insel zuliefen und von großen Waldungen umgeben sind, sah man weder das Meer, noch Port-Louis, noch die Kirche der Pompelmusen, überhaupt nichts, was *Paul* an *Virginien* erinnern konnte. Selbst die Berge, von wo aus man verschiedene Stücke der Küste von Port-Louis sehen kann, zeigen von der Seite der Ebene Williams aus nichts als ein langes, gerades und senkrechtes Vorgebirge, überragt von mehreren hoben Felsenpyramiden, um welche sich die Wolken sammeln.

In diese Ebenen führte ich *Paul*. Ich hielt ihn in fortwährender Thätigkeit, ging bei großer Sonnenhitze und im Regen, bei Tag und bei Nacht mit ihm, und führte ihn absichtlich irre in den Wäldern oder auf umbrochenen Aeckern, um durch die Ermüdung des Körpers seinen Geist zu zerstreuen und seinen Gedanken dadurch, daß er sich auf den Ort, wo wir waren, und über den verlorenen Weg besinnen mußte, eine andere Richtung zu geben. Aber die Seele eines Liebenden findet überall Spuren der Geliebten. Weder Tag noch Nacht, weder die Stille der Einsamkeit noch der Lärm des bewegten Lebens, selbst die Zeit nicht, die so viele Erinnerungen verwischt, nichts kann ihn seine Liebe vergessen machen. Wie die Magnetnadel kann die Seele des Liebenden zwar bewegt werden, aber sobald sie wieder in ihre Ruhe kommt, flieht sie unaufhörlich dem Pole zu, der sie anzieht. Wenn wir mitten in den Ebenen von Williams herum irrten und ich *Paul* fragte: »Wohin müssen wir jetzt gehen?« so wandte er sich gegen Norden und sprach: »Dort sind unsere Berge, dahin wollen wir zurückkehren.«

Ich sah nun ein, daß alle meine Versuche, ihn zu zerstreuen, vergeblich waren, und mir kein anderes Mittel übrig blieb, als seinen Schmerz in der Wurzel anzufassen und dazu die ganze Kraft meines schwachen Verstandes anzuwenden. Ich erwiderte ihm also: »Ja, dort sind die Berge, wo deine geliebte *Virginie* wohnte, und sieh, hier ist das Bild, das Du ihr einst schenktest und das sie sterbend auf ihrem Herzen trug, dessen letzte Schläge noch für Dich waren.« Ich gab ihm jetzt das kleine Bild, das er am Ufer des Teichs bei den Cocosbäumen *Virginien* geschenkt hatte. Bei diesem Anblick glühte eine düstere Freude in seinen Blicken auf. Gierig ergriff er mit schwachen Händen das Gemälde und drückte es an seinen Mund. Seine Brust hob sich stürmend, und in seinen beinahe blutenden Augen stockten die Thränen.

Ich fuhr fort: »Höre mich an, mein Sohn; ich bin dein Freund, wie ich *Virginiens* Freund war, und habe ich nicht oft mitten in deinen Hoffnungen versucht, deinen Muth auch gegen die unvorhergesehenen Zufälle des Lebens zu stärken? Was beweinst Du denn so bitterlich? dein eigenes Unglück oder *Virginiens* Schicksal?

Dein eigenes Unglück; ja, es ist allerdings groß. Du hast das liebenswürdigste aller Mädchen verloren, welche die würdigste der Frauen geworden wäre. Sie hatte ihre Interessen den deinigen aufgeopfert und Dich als die einzige ihrer Tugend würdige Belohnung dem Glanz des Reichthums vorgezogen. Weißt Du aber auch gewiß, ob das, was Dir ein so reines Glück versprechen mußte, nicht vielleicht die Quelle zahlloser Leiden für Dich geworden wäre? Sie war ohne Vermögen und enterbt; Du hattest nichts mit ihr zu theilen, als den Ertrag deiner Arbeit. Sie war durch ihre neue Erziehung weichlicher und durch ihr Unglück selbst muthiger geworden, und so hättest Du sie vielleicht jeden Tag unter der angestrengten Arbeit, die sie um jeden Preis mit Dir hätte theilen wollen, erliegen gesehen. Wenn sie Dir dann Kinder geboren hätte, so wäre Dein und ihr Kummer noch durch die Schwierigkeit vermehrt worden, ganz allein eure alten Mütter und eine anwachsende Familie zu ernähren.

Du wirst sagen: Der Gouverneur hätte uns unterstützt. Aber wer bürgt Dir dafür, daß in einer Colonie, wo die höchsten Behörden so oft wechseln, immer ein *Labourdonnais* seyn werde? Wie leicht könnte einmal ein Oberhaupt hierher kommen, ohne Sitten und ohne Moral? Dann hätte sich deine Gattin, um nur eine kärgliche Unterstützung zu erhalten, vielleicht erniedrigen müssen, ihm den Hof zu machen. Entweder wäre sie schwach und Du der beklagenswerteste Mensch gewesen, oder wäre sie tugendhaft und ihr Beide arm geblieben. Ja, Du hättest vielleicht noch von Glück sagen müssen, wenn Du nicht wegen ihrer Schönheit und ihrer Tugend von eben denselben verfolgt worden wärest, von denen Du Unterstützung gehofft hättest.

Ich hätte, wirst Du mir sagen, immer noch das von allen äußern Umständen unabhängige Glück gehabt, die Geliebte, die sich immer inniger anschmiegt, je mehr sie sich ihrer eigenen Schwachheit bewußt ist, zu beschützen, sie durch mein eigenes Leid zu trösten, durch meine Theilnahme an ihrem Schmerz zu erfreuen und durch unser beiderseitiges Unglück unsere Liebe nur noch wachsen zu sehen. Allerdings genießen Tugend und Liebe dieses bittersüße Glück. Allein sie ist nicht mehr, und Dir bleibt nur noch das, was sie nach Dir am meisten liebte, ihre und deine Mutter, die dein untröstlicher Schmerz in's Grab stürzen wird. Setze dein Glück darein, sie zu unterstützen, wie sie selbst gethan haben würde. Mein Sohn, Wohlthun ist das Glück der Tugend; es gibt kein sichereres und größeres auf Erden. Die Entwürfe zu Vergnügungen, zur Ruhe, zu Genüssen, zu Reichthum und Ehre taugen nicht für den Menschen, den schwachen vorübergehenden Pilger; Du siehst, wie ein einziger Schritt zum Glück uns Alle von einem Abgrund zum andern gestürzt hat! Es ist wahr, Du hast Dich damals widersetzt; aber wer hätte nicht geglaubt, daß *Virginiens* Reise mit ihrem und deinem Glücke endigen würde? Die Einladungen einer reichen schon bejahrten Verwandten, der Rath eines einsichtsvollen Gouverneurs, der Beifall einer ganzen Colonie, die Ermahnungen, ja Befehle eines Priesters haben *Virginiens* Unglück entschieden. So gehen wir oft getäuscht durch die Klugheit Derer, die uns leiten, dem Verderben entgegen. Es wäre freilich besser gewesen, ihnen nicht zu glauben und der Stimme und den Lockungen einer trügerischen Welt zu mißtrauen; aber von all den Menschen, die wir hier in der Ebene beschäftigt sehen, von vielen tausend andern, die ihr Glück in Indien suchen, oder denen, die, ohne ihre Heimath zu verlassen, sich der Arbeiten der Letzteren ruhig in Europa erfreuen, ist nicht Einer, der nicht über kurz oder lang das Liebste, was er hat, sey es nun Reichthum oder Macht, Gatten, Kinder oder Freunde, verlieren wird. Die Meisten werden bei ihrem Verluste noch das nagende Bewußten der eigenen Schuld haben. Du aber kannst Dir nichts vorwerfen, wenn Du dein Inneres prüfst. Du bist deinem Worte getreu gewesen; in der Blüthe deiner Jugend hast Du die Klugheit eines gesetzten Mannes gezeigt und Dich niemals vom Wege der Natur entfernt. Deine Absichten waren rechtmäßig, denn sie waren rein, aufrichtig, uneigennützig, und Du hattest an *Virginie* heilige Ansprüche, die durch keinen Reichthum aufgewogen werden können. Du hast sie verloren, und daran ist weder deine Unklugheit, noch deine Habsucht, noch deine falsche Weisheit Schuld; Gott selbst hat die Leidenschaften Anderer dazu angewendet, Dir den Gegenstand deiner Liebe zu entreißen; der Gott, von dem Du Alles hast, der Alles sieht, was Dir gut ist, und dessen Weisheit Dir keine Veranlassung zur Reue und Verzweiflung gibt, die nur dem selbstverschuldeten Unglück auf dem Fuße folgen.

Vor allen Menschen und vor Dir selbst kannst Du kühn behaupten, daß Du dein Unglück nicht verdient hast. Ist es also *Virginiens* Schicksal, ihr Tod, ihr gegenwärtiger Zustand, was Du beklagst? Sie hat sich dem Loos unterwerfen müssen, das der hohen Geburt, der Schönheit, ja ganzen Reichen beschieden ist. Das Leben des Menschen mit allen seinen Planen erhebt sich wie ein kleiner Thurm, dessen Spitze der Tod ist. Als sie geboren wurde, war sie schon verurtheilt, zu sterben. Wohl ihr, daß sie die Bande des Lebens vor ihrer Mutter, vor der deinigen und vor Dir abgestreift hat, d. h. daß sie nicht mehrere Male gestorben ist!

Laß Dich überzeugen, mein Sohn, daß der Tod für alle Menschen ein Glück ist; er ist die Nacht nach dem unruhigen Tage, welchen man Leben nennt. Im Schlafe des Todes enden auf immer all die Krankheiten, die Schmerzen, die Bekümmernisse und die Befürchtungen, von denen die unglücklichen Lebenden unaufhörlich beunruhigt werden. Betrachte einmal die Menschen, die man für die glücklichsten hält; Du wirst sehen, daß sie ihr angebliches Glück sehr theuer erkaufen mußten: öffentliches Ansehen mit häuslichem Elend, Reichthum mit dem Verluste der Gesundheit, das so seltene Glück, geliebt zu werden, mit unaufhörlichen Opfern: und gar oft sehen sie am Ende eines fremden Interessen aufgeopferten Lebens nur falsche Freunde und undankbare Verwandte um sich. *Virginie* dagegen war bis zu ihrem letzten Augenblicke glücklich. Sie war es bei uns durch die Schätze, die sie in der Natur, in der Ferne durch die, welche sie in ihrer Tugend fand; ja selbst in dem furchtbaren Augenblicke, da wir sie untergehen sahen, war sie noch glücklich; denn sie mochte ihre Augen auf die ganze Colonie werfen, die durch ihr Schicksal in allgemeine Trauer versetzt wurde, oder auf Dich, der Du ihr so unerschrocken zu Hülfe eiltest, sie konnte nur sehen, wie theuer sie uns Allen war. Durch die Erinnerung an die Schuldlosigkeit ihres Lebens hat sie sich gegen die Zukunft gestärkt, und damals hat sie den Lohn empfangen, den Gott für die Tugend bestimmt, einen Muth, der die Gefahr überbietet. Sie hat dem Tode ein heiteres Gesicht gezeigt.

Mein Sohn, Gott legt der Tugend zuweilen Lasten und Leiden auf, damit sie zeigen kann, daß sie im Stande ist, in denselben ihr Glück und ihre Ehre zu finden. Will er ihr einen glänzenden Ruhm verleihen, so stellt er sie auf einen erhabenen Standpunkt und läßt sie mit dem Tode kämpfen; ihr Muth dient dann für Tausende zum Muster, und der Erinnerung an ihr Unglück weiht noch die späteste Nachwelt den Zoll ihrer Thränen. Dieses unvergängliche Denkmal ist ihr auf einer Erde vergönnt, wo Alles vergeht und wo selbst das Andenken der meisten Könige bald in ewige Vergessenheit begraben wird.

Aber *Virginiens* Dasein dauert fort. Mein Sohn, Du siehst, wie Alles auf der Welt sich verändert und doch nichts ganz vergeht. Keine menschliche Kunst ist im Stande, das kleinste Atom zu vernichten, und das, was vernunftbegabt, voll Gefühl, liebend, tugendhaft und fromm war, sollte untergehen können, wenn selbst die Elemente, aus denen es bestand, unzerstörbar sind? Ach! wenn *Virginie* bei uns glücklich war, so ist sie es jetzt noch weit mehr. Es ist ein Gott, mein Sohn: die ganze Natur verkündet es; ich habe nicht nöthig, es Dir zu beweisen. Nur aus Bosheit leugnen die Menschen manchmal eine Gerechtigkeit, die sie fürchten. Das Bewußtsein dieses Gottes lebt in deinem Herzen, wie seine Werke vor deinen Augen. Glaubst Du denn, er werde *Virginien* unbelohnt lassen? glaubst Du, daß dieselbe Macht, die diese edle Seele mit einer so schönen Form bekleidet hat, in welcher Du das Göttliche ahnest, sie nicht hätte aus den Wellen retten können? daß Derjenige, der das gegenwärtige Glück der Menschen durch Gesetze, die Du nicht kennst, bestimmt hat, *Virginien* nicht ein anderes bereiten kann durch Gesetze, die Dir ebenfalls unbekannt sind? Wenn wir, als wir noch ein Nichts waren, hätten denken können, wäre es uns wohl möglich gewesen, uns einen Begriff von unserm gegenwärtigen Seyn zu machen? Und jetzt, da wir in diesem dunkelumhüllten und flüchtigen Leben sind, wie können wir da schon vorhersehen, was jenseits des Grabes ist und wie es uns dort ergehen wird? Bedarf Gott, wie ein Mensch, dieser kleinen Erdkugel, um einen Schauplatz seiner Weisheit und Güte zu haben, und konnte er das Leben der Menschen nur in den Gefilden des Todes fortpflanzen? Im ganzen Ocean ist kein Tropfen, der nicht voll lebendiger Wesen wäre, die auf uns Bezug haben, und nur für uns sollte unter den zahllosen Gestirnen, die über unsern Häuptern rollen, nichts vorhanden seyn? Wie! es sollte keine höchste Weisheit und göttliche Güte geben, außer da, wo wir sind, und in jenen unzähligen strahlenden Sternen, in den unendlichen Gefilden des Lichts, die sie umgeben, und die kein Sturm und keine Nacht je verdunkelt, wäre nichts als ein leerer Raum und ein ewiges Nichts! Wenn wir, die wir uns selbst nichts gegeben haben, uns unterfangen, der Macht, der wir Alles verdanken, Schranken beizumessen, so können wir glauben, daß wir hier auf der Gränze ihres Reiches sind, wo das Leben mit dem Tode und die Unschuld mit der Unterdrückung ringt.

Sonder Zweifel gibt es irgendwo einen Ort, wo die Tugend ihren Lohn empfängt. *Virginie* ist jetzt glücklich. Ach, wenn sie sich Dir aus der Wohnung der Engel mittheilen könnte, so würde sie, wie beim Abschiede, zu Dir sagen: O *Paul*, das Leben ist nur eine Prüfung. Ich bin den Gesetzen der Natur, der Liebe und der Tugend treu befunden worden. Ich habe das Meer durchschifft aus Gehorsam gegen die Meinigen. Ich habe dem Reichthum entsagt, um mein Wort zu halten; ich habe lieber sterben, als die Schamhaftigkeit verletzen wollen. Der Himmel hat meine Bestimmung erfüllt gefunden. Ich bin jetzt auf ewig der Armuth, der Verleumdung, den Stürmen und dem Anblick fremder Leiden entrückt. Von nun an kann mich keines der Uebel mehr erreichen, welche die Menschen erschrecken, und Du beklagst mich! Ich bin rein und unveränderlich, als ein Theil des ewigen Lichts, und Du rufst mich in die Nacht des Lebens zurück! O *Paul*, o mein Freund! erinnere Dich jener Tage des Glücks, wo wir das Entzücken der Seligen genossen, wenn sich am frühen Morgen die Sonne erhob und mit ihren Strahlen die Gipfel dieser Felsen und Wälder vergoldete. Wir waren berauscht von einem Glück, dessen Ursache wir nicht begreifen konnten. In unserer Unschuld wünschten wir ganz Auge zu seyn, um die reichen Farben der Morgenröthe zu genießen; ganz Geruch, um die süßen Düfte unserer Pflanzen einzusaugen; ganz Ohr, um die Concerte unserer Vögel zu hören; ganz Herz, um alle diese Wohlthaten zu erkennen. Jetzt an der Quelle der Schönheit, der Alles entströmt, was die Erde Liebliches hat, sieht, empfindet, hört und berührt meine Seele unmittelbar, was sie damals nur durch schwache Organe inne werden konnte. Ach, welche Sprache vermöchte die Ufer des ewigen Morgens zu beschreiben, die ich jetzt auf immer bewohne! Alles, was eine unendliche Macht und eine himmlische Güte zum Trost unglücklicher Wesen erschaffen konnte, alle Harmonie, welche die Freundschaft zahlloser, gleich mir glückseliger Wesen in unser gemeinschaftliches Entzücken bringen kann, genießen wir jetzt ohne Störung. So halte denn aus in der Prüfung, die Dir auferlegt ist, damit Du einst das Glück deiner *Virginie* durch eine Liebe vermehrst, die nie enden, durch eine Hochzeit, deren Fackeln nie erlöschen werden. Hier werde ich deine Schmerzen stillen; hier werde ich deine Thränen trocknen. O mein Freund, mein junger Gatte! Erhebe deine Seele zum Unendlichen, um die Schmerzen eines Augenblicks zu ertragen.«

Meine eigene Rührung ließ mich nicht weiter sprechen. *Paul* sah mich starr an, dann rief er: »Sie ist nicht mehr, sie ist nicht mehr.« und eine lange Ohnmacht folgte auf diesen Schmerzensruf. Endlich, als er wieder zu sich kam, sagte er: »Da der Tod ein Gut und *Virginie* glücklich ist, so will ich auch sterben, um mich mit *Virginien* wieder zu vereinigen.« So waren also meine Tröstungen nur neue Nahrung für seine Verzweiflung. Ich glich einem Menschen, der seinen Freund retten möchte, welcher im Begriff ist, mitten in einem Flusse unterzusinken, und nicht schwimmen will. Der Schmerz hatte ihn umflutet. Ach, die Unglücksfälle der ersten Jugend bereiten den Menschen auf den Eintritt in's Leben vor, und *Paul* hatte nie deren erfahren.

Ich brachte ihn in die Wohnung zurück. Hier fand ich seine Mutter und Frau von *Latour* in einem Zustand von Schwäche, der sich indeß sehr verschlimmert hatte. *Margarethe* war am meisten niedergeschlagen. Die lebhaften Charaktere, an denen unbedeutendere Leiden nur vorübergleiten, können großem Kummer am wenigsten widerstehen.

Sie sagte zu mir: »Ach, mein lieber Nachbar, heute Nacht war es mir, als sähe ich *Virginie* in weißem Kleide unter köstlichen Hecken und Bäumen. Ich genieße ein beneidenswertes Glück, sagte sie zu mir. Dann ging sie freundlich auf *Paul* zu und nahm ihn mit sich fort. Als ich mich bestrebte, meinen Sohn zurückzuhalten, fühlte ich, daß ich selbst der Erde entrückt wurde und ihm mit unbeschreiblicher Freude folgte. Nun wollte ich meiner Freundin Lebewohl sagen, aber ich sah sogleich, daß sie mir mit *Marie* und *Domingo* folgte. Das Wunderbarste dabei ist, daß Frau von *Latour* dieselbe Nacht einen ganz ähnlichen Traum gehabt hat.«

Ich antwortete ihr: »Meine Freundin, ich glaube, daß nichts in der Welt ohne Zulassung Gottes geschieht; die Träume verkünden manchmal die Wahrheit.«

Mit vieler Rührung erzählte mir nun Frau von *Latour* ihren Traum von derselben Nacht, der diesem fast ganz gleich war. Ich hatte bei den beiden Frauen nie einen Hang zum Aberglauben wahrgenommen: um so mehr überraschte mich diese Uebereinstimmung in ihrem Traume, und ich zweifelte nicht daran, daß er in Erfüllung gehen würde. Der Glaube, daß sich die Wahrheit zuweilen im Schlafe vorher ankündigt, findet sich bei allen Völkern der Erde. Die größten Männer des Alterthums waren dieser Ansicht, unter Andern Alexander, Cäsar, die Scipionen, die beiden Cato und Brutus, die gewiß keine Schwachköpfe waren. Das alte und das neue Testament liefert eine Menge Beispiele von Träumen, die in Erfüllung gingen. Was mich betrifft, so berufe ich mich in dieser Beziehung nur auf meine eigene Erfahrung: ich habe mich mehr als einmal überzeugt, daß die Träume Winke sind, welche uns irgend ein befreundeter Genius ertheilt. Unmöglich aber ist es, Sachen, welche über den Bereich der menschlichen Vernunft hinausgehen, mit Vernunftgründen bestreiten oder vertheidigen zu wollen; wenn übrigens die Vernunft des Menschen nur ein Abglanz der göttlichen ist, und der Mensch durch geheime und verborgene Mittel seine Absichten bis an's Ende der Welt gelangen lassen kann, warum sollte dann der Geist, der das Weltall beherrscht, nicht ähnliche Mittel zu demselben Zwecke anwenden? Ein Freund tröstet einen Freund durch einen Brief, der eine Menge Länder durchziehen, mitten durch feindliche Nationen seinen Weg machen muß, und einem Einzigen Freude und Hoffnung bringt: warum sollte der höchste Beschützer der Unschuld nicht durch geheime Wege einer tugendhaften Seele zu Hülfe kommen, die ihr Vertrauen einzig und allein auf ihn setzt? Bedarf er eines äußeren Zeichens zur Erfüllung seines Willens, Er, der in allen seinen Werken unaufhörlich von innen wirksam ist?

Warum also an Träumen zweifeln? Was ist denn das Leben mit seinen vorübergehenden und eiteln Planen anders, als ein Traum?

Wie dem aber auch seyn möge, der meiner unglücklichen Freundinnen erfüllte sich bald. *Paul* starb zwei Monate nach dem Verluste seiner theuren *Virginie*, deren Namen er unaufhörlich im Munde führte, *Margarethe* sah acht Tage nach dem Tode ihres Sohnes mit einer Freudigkeit, die nur tugendhaften Herzen gewährt ist, ihr Ende nahen. Sie nahm rührenden Abschied von Frau von *Latour*, in der Hoffnung, sagte sie, einer freudigen und ewigen Wiedervereinigung. »Der Tod,« setzte sie hinzu, »ist das größte und wünschenswerteste aller Güter. Wenn das Leben eine Strafe ist, so muß man ihr Ende wünschen: ist es eine Prüfung, so muß man bitten, daß sie kurz sey.«

Die Regierung sorgte für *Domingo* und *Marie*, die nicht mehr im Stande waren, zu dienen und ihre Gebieterin nicht lange überlebten. Der arme Fidel starb fast zu gleicher Zeit mit seinem Herrn an Altersschwäche.

Ich nahm Frau von *Latour* zu mir, die sich nach so vielfachen schrecklichen Verlusten mit einer unglaublichen Seelengröße aufrecht erhielt. Sie hatte *Paul* und *Margarethen* bis zum letzten Augenblicke getröstet, gleich als hätte sie nur fremdes Unglück tragen zu helfen. Als sie hinübergegangen waren, sprach sie mit mir täglich von ihnen, wie von geliebten Freunden, die in der Nachbarschaft lebten. Gleichwohl überlebte sie dieselben nur um einen Monat. Statt ihrer Tante wegen all dieses Unheils zu grollen, bat sie Gott, ihr zu verzeihen und sie von der schrecklichen Geisteszerrüttung zu erlösen, in welche sie, wie wir erfuhren, unmittelbar, nachdem sie *Virginien* auf so unmenschliche Art fortgeschickt hatte, verfallen war.

Diese unnatürliche Verwandte ertrug übrigens die Strafe ihrer Grausamkeit nicht lange. Ich erfuhr durch mehrere Schiffe, daß sie von Anfällen heimgesucht wurde, die ihr das Leben und den Tod gleich unerträglich machten. Bald warf sie sich den frühen Tod ihrer liebenswürdigen Nichte und den daraus erfolgten ihrer Mutter vor. Bald freute sie sich wieder, daß sie zwei elende Personen von sich gestoßen, die, wie sie sagte, durch die Niederträchtigkeit ihrer Neigungen die ganze Familie entehrt hatten. Manchmal gerieth sie bei dem Anblick der vielen Unglücklichen, von denen Paris überfüllt ist, in Wuth und rief: »Warum schickt man diese Taugenichtse nicht in unsere Colonien, damit sie dort zu Grunde gehen?« Sie behauptete, die von allen Völkern als wahr angenommenen Ideen von Menschlichkeit, Tugend und Religion seyen nur Erfindungen der Politik ihrer Fürsten. Dann aber gerieth sie wieder auf das entgegengesetzte Extrem und quälte sich mit abergläubischen Schreckbildern, die sie mit gräßlicher Angst erfüllten. Sie brachte reichen Mönchen, die ihre Gewissensräthe waren, große Geschenke und flehte sie an, die Gottheit durch das Opfer ihres Reichthums zu versöhnen; gleich, als ob Wohlthaten, die sie den Unglücklichen versagt hatte, dem Vater der Menschen gefallen könnten. Oft erblickte sie in ihrer Einbildung in Flammen stehende Felder und feurige Berge, in denen scheußliche Gespenste umherirrten und mit lautem Geschrei ihren Namen riefen. Dann warf sie sich ihren Gewissensräthen zu Füßen und ersann sich selbst Martern und Strafen; denn der Himmel, der gerechte Himmel schickt grausamen Seelen entsetzliche Religionen.

Auf diese Art brachte sie mehrere Jahre zu, bald Atheistin, bald abergläubische Frömmlerin, und fürchtete den Tod eben so sehr, wie das Leben. Was aber das Ende dieses beklagenswerten Daseyns herbeiführte, war derselbe Grund, dem sie die Gefühle der Natur geopfert hatte. Sie hatte den Verdruß, sehen zu müssen, daß ihr Vermögen nach ihrem Tode Verwandten anheim fallen sollte, welche sie haßte. Deßhalb suchte sie ihnen den größten Theil desselben zu ent- ziehen; diese aber benützten die Anfälle von Geisteszerrüttung, an denen sie litt, ließen sie als verrückt einsperren und ihr Vermögen gerichtlich verwalten. So vollendete ihr Reichthum ihr Verderben, und wie er das Herz seiner Beschützerin verhärtet hatte, so verhärtete er nun auch die Herzen derer, die ihn wünschten. So starb sie, und was ihrem Unglück die Krone aufsetz- te, sie starb mit dem Bewußtseyn, daß sie von denselben Personen, deren Meinungen ihr die Richtschnur ihres ganzen Lebens gewesen waren, ausgeplündert und verachtet wurde.

Neben *Virginien*, unter dieselben Gebüsche, wurde ihr Freund *Paul* beigesetzt, und um die- ses Doppelgrab ihre Mutter nebst ihren treuen Dienern. Kein Marmorstein schmückt diese niedern Hügel, keine Inschrift preist die Tugenden der hier Ruhenden; aber ihr Andenken ist in dem Herzen derer, denen sie Gutes gethan, unverlöschlich geblieben. Ihre Schatten bedürfen keineswegs des Glanzes, den sie im Leben mieden; aber wenn sie sich noch jetzt für das, was auf Erden vorgeht, interessiren, so schweifen sie gewiß gerne unter jenen Strohdächern herum, worin Tugend und Arbeitsamkeit wohnt, und trösten die unzufriedene Armuth dadurch, daß sie in den jungen Liebenden eine dauernde Flamme, den Geschmack für die reinen Gaben der Natur, die Liebe zur Arbeit und die Scheu vor dem Reichthum unterhalten.

Die Stimme des Volks, die bei den Monumenten, welche man dem Glanz der Könige er- richtet, schweigt, hat einigen Theilen dieser Insel Namen gegeben, die das Schicksal *Virginiens* verewigen werden. Nahe bei der Insel Ambra, mitten unter Klippen, ist ein Ort, den man die **Durchfahrt des St. Geran** nennt, vom Namen des Schiffes, mit dem sie aus Europa zurückkehr- te. Der äußerste Theil jener langen Erdzunge, welche Sie drei Meilen von hier erblicken, und die halb von den Wellen des Meeres bedeckt ist, welche das Schiff den Tag vor dem Sturme nicht umsegeln konnte, um in den Hafen zu gelangen, heißt das **unglückliche Vorgebirge**, und gerade vor uns am Ausgange dieses Thales erblicken Sie die **Grabesbucht**, wo *Virginie* im Sande begraben gefunden wurde, gleich als hätte das Meer ihre Leiche den Ihrigen bringen und da- durch ihrer Schamhaftigkeit die letzte Ehre erweisen wollen, auf demselben Ufer, das sie durch ihre Unschuld geehrt hatte.

Ihr jungen Leute, die ihr so innig vereinigt waret! Unglückliche Mütter! Theure Familie! Die Wälder, die euch ihren Schatten gaben, diese Quellen, die für euch flossen, diese Hügel, auf denen ihr beisammen ausruhtet, betrauern noch jetzt euern Verlust. Niemand hat nach euch gewagt, diesen nunmehr wüsten Boden zu bebauen und diese niedern Hütten wieder aufzurich- ten. Eure Ziegen sind wild geworden, eure Pflanzungen sind zerstört, eure Vögel sind entflohen und man hört nur noch das Geschrei der Sperber, die um die Gipfel dieser Felsen flattern. Ich aber bin, seit ich euch nicht mehr sehe, wie ein Freund, der keine Freunde mehr hat, wie ein Vater, der seine Kinder verloren, wie ein Reisender, der auf der Erde umherirrt, wo er allein übrig geblieben ist.

Ehe er die letzten Worte vollendet, entfernte sich der gute Alte mit Thränen in den Augen; die meinigen waren während dieser traurigen Erzählung mehr als einmal geflossen.

Made in the USA
Monee, IL
08 July 2026

56549927R20046